UN

Barbara Cartland

Título original: A Knight in Paris

Barbara Cartland Ebooks Ltd
Esta edición © 2013

Derechos Reservados Cartland Promotions

Este libro se vende bajo la condición de no ser distribuido, prestado, revendido, alquilado o de alguna otra forma puesto en circulación, sin el consentimiento previo del editor.

Ninguna parte de esta publicación puede ser reproducido o trasmitido de ninguna forma o medio, electrónico o mecánico, incluyendo fotocopiado, grabación o cualquier tipo de almacenamiento informativo, sin el consentimiento previo y por escrito del editor.

Los personajes y situaciones de este libro son imaginarios y no tienen ninguna relación con personas reales o situaciones que suceden actualmente.

Diseño de libro por M-Y Books

m-ybooks.co.uk

La Colección Eterna de Barbara Cartland.

La Colección Eterna de Barbara Cartland es la única oportunidad de coleccionar todas las quinientas hermosas novelas románticas escritas por la más connotada y siempre recordada escritora romántica.

Denominada la Colección Eterna debido a las inspirantes historias de amor, tal y como el amor nos inspira en todos los tiempos. Los libros serán publicados en internet ofreciendo cuatro títulos mensuales hasta que todas las quinientas novelas estén disponibles.

La Colección Eterna, mostrando un romance puro y clásico tal y como es el amor en todo el mundo y en todas las épocas.

LA FINADA DAMA BARBARA CARTLAND

Barbara Cartland, quien nos dejó en Mayo del 2000 a la grandiosa edad de noventaiocho años, permanece como una de las novelistas románticas más famosa. Con ventas mundiales de más de un billón de libros, sus sobresalientes 723 títulos han sido publicados en treintaiseis idiomas, disponibles así para todos los lectores que disfrutan del romance en el mundo.

Escribió su primer libro "El Rompecabeza" a la edad de 21 años, convirtiéndose desde su inicio en un éxito de librería. Basada en este éxito inicial, empezó a escribir continuamente a lo largo de toda su vida, logrando éxitos de librería durante 76 sorprendentes años. Además de la legión de seguidores de sus libros en el Reino Unido y en Europa, sus libros han sido inmensamente populares en los Estados Unidos de Norte América. En 1976, Barbara Cartland alcanzó el logro nunca antes alcanzado de mantener dos de sus títulos como números 1 y 2 en la prestigiosa lista de Exitos de Librería de B. Dalton

A pesar de ser frecuentemente conocida como la "Reina del Romance", Barbara Cartland también escribió varias biografías históricas, seis autobiografías y numerosas obras de teatro así como libros sobre la vida, el amor, la salud y la gastronomía. Llegó a ser conocida como una de las más populares personalidades de las comunicaciones y vestida con el color rosa como su sello de identificación, Barbara habló en radio y en televisión sobre temas sociales y políticos al igual que en muchas presentaciones personales.

En 1991, se le concedió el honor de Dama de la Orden del Imperio Británico por su contribución a la literatura y por su trabajo en causas a favor de la humanidad y de los más necesitados.

Conocida por su belleza, estilo y vitalidad, Barbara Cartland se convirtió en una leyenda durante su vida. Mejor recordada por sus maravillosas novelas románticas y amada por millones de lectores a través el mundo, sus libros permanecen atesorando a sus héroes valientes, a sus valerosas heroínas y a los valores tradiciones. Pero por sobre todo, es la , primordial creencia de Barbara Cartland en el valor positivo del amor para ayudar, curar y mejorar la calidad de vida de todos que la convierte en un ser verdaderamente único.

Capítulo 1
1802

EL CONDE de Charncliffe, que conducía su carruaje con su acostumbrada habilidad, a través de las calles llenas de gente, se dio cuenta de que todos le miraban.

Eso no era de sorprender.

Sus cuatro caballos, exactamente iguales, eran de color negro azabache y su faetón, que hacía poco le había sido entregado por los constructores, era amarillo.

Él se enorgullecía siempre de ser diferente a sus contemporáneos. Pero sabía que al cabo de unos meses, numerosos jóvenes aristócratas, que lo imitaban en todo, conducirían faetones del mismo color.

Lo copiarían, como copiaban la forma en que se ponía sus corbatas. Obligaban a sus sastres a imitar el corte de sus sacos, y a sus ayudas de cámara a sacar el mismo brillo a sus botas altas. El Conde cuidaba extremadamente su aspecto. Eso, añadido a su atractivo físico, capturaba el corazón de cuanta mujer conocía.

A él, le gustaba que le consideraran un libertino y un donjuán. Aunque con frecuencia pensaba cínicamente que la mayor parte de las veces, él era el seducido y no le permitían ser el seductor. Ahora, por primera vez en su vida, estaba cortejando, en lugar de ser él el cortejado.

Había heredado el título y grandes posesiones a lo que, sus parientes solían decir, era una *infortunadamente temprana edad*. Desde entonces le habían suplicado, lo habían coaccionado y lo habían presionado para que se casara.

Charn, la Mansión Familiar, era el más fino ejemplo de la influencia italiana en la Arquitectura de la Reina Isabel I.

Sus materiales de construcción procedían de muchos lugares diferentes y al Conde le gustaba hablar a sus invitados de ello.

—La madera viene de nuestros propios terrenos— solía decir—, los ladrillos de los hornos locales; la pizarra de Gales; los cristales de España y la piedra de una cantera situada cerca de Bath.

No tenía que añadir que tanto los maestros de obra como los talladores habían sido llevados de Italia y que ellos se habían encargado de decorar el interior de las habitaciones de Charn.

La colección de cuadros que había, una de las mejores del país, comprendía obras de los más grandes artistas de cada época. Todo ello formaba un fondo adecuado para el Conde, que parecía salido de un cuento de hadas y representaba el tipo de héroe con el que sueñan todas las jóvenes.

No tardó en dejar el tráfico atrás, para salir a la tranquilidad de los caminos que conducían hacia el Norte. Pensó que era una lástima que no tuviera que ir más lejos.

Elaine Dale, que por fin había atrapado su esquivo corazón, estaba hospedada en la casa de su abuelo.

La casa estaba a sólo diez millas del centro de Londres, que para el Conde y sus amigos, por supuesto, era la Calle St. James.

Elaine era la hija de Lord William Dale.

Su padre, por ser el hijo menor del Duque de Avondale, ocupaba una posición baja en la jerarquía familiar. Recibía muy poco dinero y, en consecuencia, siempre estaba endeudado.

Su hermano mayor, como heredero del Ducado, disponía de todo lo que podía extraerse de los cofres familiares. Los miembros más jóvenes de la familia tenían que vivir con lo que sobraba, que era bastante poco.

Desde luego, era tradicional entre los aristócratas que eso sucediera y Lord William se quejaba continuamente de que no tenía dinero y de que la vida le había tratado de una forma muy injusta. Pero nadie le hacía caso.

Eso sucedió hasta que se dio cuenta de que tenía un tesoro de valor incalculable en su hija Elaine.

Decir que Elaine Dale era hermosa, era subestimar sus atractivos. Cuando, ahorrando y sacrificándose, Lord y Lady William Dale la llevaron a Londres para la temporada social, su presencia en el mundo social causó un gran impacto. Su madre era irlandesa, lo que explicaba el azul de sus ojos, y en la familia Dale hubo un antepasado escandinavo, que era el responsable del tono dorado pálido de su pelo.

Era mayor que las debutantes comunes.

Había estado de luto un año, lo que había pospuesto su presentación en el Palacio de Buckingham. Por lo tanto, tenía una gran seguridad en sí misma y una extraordinaria gracia natural.

Su voz era musical y aunque su educación era limitada, era lo bastante inteligente como para atraer la atención de todos los hombres que conocía.

En los clubes de St. James, no existía otro tema de conversación desde que ella había hecho su aparición.

Era la moda que los jóvenes aristócratas prefirieran a las mujeres casadas, con más experiencia, que a las debutantes, no sólo porque les resultaban aburridas sino, tenían miedo de que por algún pequeño descuido de su parte tuvieran que casarse con una de ellas.

Elaine era la excepción a todas las reglas y había sido declarada como una de las *"Incomparables"* a la semana de su llegada a Londres. Había sido perseguida por un gran número de los aristócratas solteros que hasta entonces habían defendido a capa y espada su libertad. El Conde, al principio, se había mostrado indiferente a todo lo que oía decir sobre Elaine.

Fue sólo por casualidad que la vio cuando asistía a un Baile con su *conquista* del momento, una fascinante Embajadora.

En comparación con los ojos relampagueantes, los labios provocativos y las insinuaciones eróticas de la Embajadora, Elaine parecía como una gota de agua fresca en el calor del desierto.

El Conde y la joven fueron presentados y sucumbió como lo habían hecho todos sus amigos.

Lo que le sorprendió fue que Elaine le trató con bastante frialdad. Casi hubiera podido llamarse indiferencia.

El Conde estaba acostumbrado a que todas las mujeres a quien era presentado por primera vez, lo miraran arrobadas y a partir de ese momento realizaran grandes esfuerzos por conquistarlo.

Elaine le saludó y continuó su conversación con el Caballero que estaba junto a ella.

El Conde la invitó a bailar.

Ella no pareció comprender que aquel era un raro privilegio que él concedía sólo de vez en cuando, a las bellezas más excepcionales. Le dijo, sin el menor asomo de tristeza, que su carnet estaba ya lleno.

El Conde se sintió intrigado y, si era franco consigo mismo, un poco resentido.

¿Cómo era posible que aquella muchachita, que él sabía muy bien venia del campo y cuyo padre no tenía ni un centavo, se mostrara tan arrogante?

Lo habría confundido aún más, si se hubiese dado cuenta que ella trataba a todos los hombres que se mostraban interesados en ella, exactamente de la misma forma.

Parecía increíble que alguien tan joven como ella actuara como una estrella que hubiera caído del cielo para inquietar a los mortales. Debido a que su conducta le desconcertó, el Conde había ido en busca de Lord William. Era miembro del club White's, aunque pocas veces tenía dinero suficiente para ir a Londres.

El Conde le encontró bebiendo en el salón de juegos, aunque no podía sentarse a jugar porque no tenía dinero para hacerlo.

—Acabo de tener el placer de conocer a su hija— dijo el Conde—.

—Bonita, ¿Verdad?— comentó Lord William.

—Creo que una palabra más apropiada sería hermosa— contestó el Conde—. Sin embargo, yo nunca le había oído a usted hablar de ella.

—¿Qué sentido tenía, cuando ella estaba todavía estudiando en casa?

Bebió media copa de champán antes de continuar:

—Lo único que puedo decirle, Charncliffe, es que las hijas cuestan mucho dinero. ¡Y los vestidos no duran tanto como un caballo!

—Eso es verdad— reconoció el Conde.

Le hubiera hecho otra pregunta, pero comprendió que Lord William había bebido demás. Era evidente que, dado que el champán era gratis, pensaba pedir más.

—Lo que le he dicho a la muchacha que tiene que hacer, Charncliffe— dijo con voz pastosa—, es casarse. ¡Cuanto antes mejor, por lo que a mí se refiere!

—¿Anda usted mal de dinero?— preguntó el Conde con simpatía, aunque sabía de antemano la respuesta.

—Los acreedores me abruman sin cesar— dijo Lord William con aire sombrío—. ¡Malditos sean! ¡Siempre patean al hombre que ven tirado!

Como si, a pesar del estado de ofuscación en que se encontraba su cerebro, se hubiera dado cuenta de con quién estaba hablando, añadió:

—¡Si quiere casarse con Elaine, Charncliffe, cuente con mi bendición!

El Conde pensó que aquello estaba yendo demasiado lejos, así que se alejó de allí.

Comprendió, al hacerlo, que Lord William estaba deseoso de encontrar un yerno rico. Y, como él mismo había dicho, cuanto antes, mejor.

Debido a que la situación le divertía, el Conde observó a la señorita Dale.

Supuso que ella manejaría a sus admiradores, enfrentándolos entre ellos, hasta que encontrara por fin un hombre lo bastante rico como para quedar satisfecha ella misma y su padre.

Sabía que si ése era el caso, no habría mejor candidato para ser el primero en cruzar la línea de meta que él mismo.

Las historias que corrían sobre su riqueza no eran exageradas. Era dueño de Charn, con sus cinco mil acres de buena tierra de Oxfordshire.

Tenía también la casa más grande y más elegante de la Plaza Berkeley.

Poseía, además, una casa en Newmarket, donde entrenaba a sus caballos de carreras, y otra en Epsom, a la que estaba adjunta una amplia finca con excelentes tierras de cultivo.

Debido a que no bailó con Elaine Dale esa noche y a que la Embajadora era una mujer muy persistente, él no volvió a pensar en ella, hasta que la oyó mencionar en su club.

Pensó que la forma en que la estaban alabando era ridícula. Esa noche se encontró sentado junto a ella durante una cena en la casa Devonshire.

Le sorprendió que hubiera sido colocada en la era casi siempre considerada como una posición de jerarquía. Recordó, sin embargo, que Lord William había sido siempre un amigo muy especial de la Duquesa.

—¿Disfrutó la otra noche del baile en la casa de los Beauchamps?— le preguntó.

El Conde pensó, al hablar con Elaine, que realmente era preciosa. Habría sido difícil explicar a alguien que no la hubiera visto la forma en que parecía destacar entre las otras mujeres presentes.

Casi todas eran bellezas reconocidas y, sin embargo, aquella jovencita brillaba con un resplandor que hacía que todos los hombres presentes se volvieran a mirarla.

El Conde, mientras esperaba una respuesta a su pregunta, supuso que le expresaría cuánto lamentaba no haber podido bailar con él.

Para su asombro, sin embargo, ella contestó:

—¿Estuvo usted allí?

Por un momento pensó que no había oído bien.

Le parecía imposible que él, el soltero más codiciado de toda la Sociedad Inglesa, no fuera recordado por una simple chiquilla que acababa de llegar del campo.

—No sólo estuve allí -dijo él con severidad—, sino que le pedí que bailara conmigo.

—¿De verdad?— preguntó ella con tono ligero—. Me temo que tuve que rechazar tantas invitaciones, que me resulta difícil recordarlas.

Debido a que aquello constituía un reto que no podía resistir, el Conde se dedicó a tratar de impresionar a la señorita Dale. Sin embargo, se dio cuenta de que no era una tarea fácil.

Ella le escuchó y rió con sus chistes. Fue, le pareció a él, muy agradable.

Pero al terminar la cena se dio cuenta de que no había en los ojos de la muchacha la expresión de admiración que él esperaba. Además, no usó ninguno de los trucos femeninos, que él conocía tan bien, para seguir atrayendo su atención.

Ciertamente no había necesidad de que ella lo hiciera; de cualquier modo, era lo que él esperaba y lo que estaba haciendo la Dama sentada a su otro lado.

Una semana después, el Conde entró en el Club White's. Cuando apareció uno de sus amigos, le preguntó:

—¿Ya has visto las apuestas, Darrill? Vas segundo, después de Hampton.

—¿De qué estás hablando?— preguntó el Conde.

—Pensé que ya te habrías enterado. Están haciendo apuestas sobre si serás tú o Hampton quien ganará la Copa de Oro, que es, desde luego, la *Incomparable* Elaine.

—No sé de qué diablos están hablando—, exclamó el Conde.

—Es muy simple— dijo su amigo—. Han sacado el Libro de Apuestas y todos hemos apostado algo. Unos dicen que será Hampton quien logre poner el anillo de bodas en el dedo de Elaine Dale, antes de que junio termine, y otros, que eso sólo lo podrás hacer tú.

El Conde se dio la vuelta y se dirigió hacia donde se guardaba el famoso Libro de Apuestas de White's.

Pasó las páginas y encontró los nombres de varios de sus amigos y las cantidades que habían apostado.

Efectivamente, el Conde estaba en segundo lugar, y con los labios apretados de furia, decidió que eso era un insulto.

Él era mucho más rico que Hampton y, por esa razón, cualquier mujer le consideraría más atractivo.

Sin embargo, él comprendía que el Marqués de Hampton era importante, porque era hijo y heredero del Duque de Wheathampton. Era, de cualquier modo, un joven bastante feo, con una tendencia notable a beber demasiado y a volverse agresivo cuando las copas se le subían a la cabeza.

Al mismo tiempo, tenía cierto éxito con el sexo débil.

No sólo por el atractivo de su título, sino porque era un hombre abrumador, que perseguía de forma incansable a cuanta mujer bella le interesaba.

«¡Si eso es lo que a ella le gusta, que se quede con él!», pensó el Conde.

Sin embargo, cuando comprendió que algunos de sus amigos más íntimos, que él siempre había estado seguro de que le admiraban, habían apostado por el éxito de Hampton, se sintió muy molesto.

Fue a visitar a Elaine Dale esa tarde.

En la pequeña y modesta casa que Lord William había alquilado durante la Temporada Social, le pareció todavía más encantadora de lo que él recordaba.

Ella le saludó con evidente sorpresa.

El Conde tuvo la extraña sensación de que le había olvidado. Era evidente que jamás le había cruzado por el pensamiento que él querría verla.

—¿Viene a visitarme a mí, o a Papá?— preguntó ella.

Parecía tan ingenua, que el Conde pensó que realmente no se daba cuenta de que había ido a visitarla a ella. Ni consideró que fuera descortés por parte suya colocarle en la misma categoría de edad de su Padre.

El se dedicó simplemente a ser agradable y ella se ruborizó un poco ante los cumplidos de él.

Cuando el Conde se levantó para marcharse, ella no le preguntó cuándo se volverían a ver.

Al descender la escalinata, hacia donde estaba esperando su faetón, el Conde tuvo la sensación de que ella no volvería a pensar en él, una vez que se hubiera marchado.

Todo era tan diferente a cuanto le había sucedido antes, que el Conde decidió apoderarse del corazón de Elaine Dale.

Que Hampton le derrotara le resultaba inimaginable. Empezó a cortejarla con flores y con un ardor que habría asombrado a otras Damas, que le conocían.

Su Secretario, que trabajaba en la casa de la Plaza Berkeley, era testigo de la gran cantidad de cartas y notas que el Conde recibía todos los días.

La mayoría eran de mujeres casadas, sin escrúpulos morales.

Siempre parecía haber un mozo de librea diferente en la puerta, entregando al lacayo de turno una cartita que olía a gardenias o jazmines. Ahora era el Conde quien escribía las cartas de amor y los Mozos de su casa, los que las llevaban a la Casita de Islington.

—Ahora sí que le ha pegado el amor con fuerza a Su Señoría -dijo uno de ellos.

—¡No le culpo! -contestó el otro muchacho de la caballeriza-. Es tan hermosa que hace que todas las demás mujeres, parezcan feas.

Los dos muchachos se habían echado a reír. Si el Conde hubiera podido oírlos, se habría puesto furioso.

Tres semanas después de su primer encuentro, el Conde comprendió que había llegado el momento en que debía expresar con más decisión sus intenciones a Elaine.

Se rumoreaba en White's que Hampton, ya le había propuesto matrimonio de rodillas, y que Elaine había contestado que necesitaba tiempo para pensarlo.

«¡Ya ha llegado la hora de ver realmente quién es el mejor!», pensó el Conde.

Él se había mostrado muy atento con ella, pero comprendía muy bien, que la reputación que tenía, podía hacer pensar a Elaine, que sus intenciones no eran serias.

Como se trataba de ofrecerle un anillo matrimonial, ella podía pensar que él se iba a abstener de hacerlo en el último momento. Debido a que los miembros del White's pensaba que eso era lo que iba a suceder, las apuestas en favor de Hampton habían aumentado de manera considerable y él había quedado atrás. Después de dar vueltas en su cama la mayor parte de la noche, el Conde tomó una decisión.

En realidad, no tenía deseos de casarse, ya que consideraba que su libertad era algo precioso.

Sin embargo, se daba cuenta de que era su deber tener un heredero, o tal vez, dos o tres.

Era muy poco probable que encontrara una mujer más hermosa, ni más adecuada para ser su esposa, que Elaine.

Su sangre era tan noble como la suya y no había otra mujer, en toda la Alta Sociedad inglesa, que pudiera lucir mejor las joyas de su familia que ella.

Ya podía imaginarla luciendo la enorme diadema de diamantes de la familia.

Y a él siempre le había gustado mucho el juego de zafiros en el que las piedras, intensamente azules, eran más finas que las pertenecientes a la Reina.

Debido a que tenía mucha experiencia en cuestión de ropa femenina, el Conde se daba cuenta de que aunque Elaine estaba siempre exquisita, no tenía muchos vestidos.

Se ponía una y otra vez el mismo vestido con diferentes accesorios que le hacían parecer diferente a quienes eran menos observadores que él.

Pero, sin importar lo que llevara puesto, era imposible que alguien, al conocerla, no mirara con admiración su cara ovalada, sus ojos azules y la perfecta línea de sus labios.

El Conde decidió que quería besarla.

Aunque ya le besaba la mano, sabía que todavía no podía intentar nada más íntimo.

Eso sólo le sería permitido después de que hubiera puesto su corazón a los pies de ella y le hubiera pedido que fuera su esposa. «¡Caramba, tengo que conseguirlo!», se dijo a sí mismo.

La visitaría al día siguiente y le propondría matrimonio.

Se enteró, sin embargo, de que Elaine había salido de Londres de forma inesperada. Le dijeron que su abuelo, el Duque de Avondale, quería verla.

Por un momento, el Conde se sintió irritado.

Entonces comprendió que si le pedía que fuera su esposa en el campo, resultaría más romántico. La salita de la casa de Islington era bastante deprimente, por lo tanto, ordenó que su nuevo tiro de caballos fuera enganchado a su faetón, para ir en éste a la Casa Avondale.

Pensó, mientras conducía su faetón amarillo, que el corazón de cualquier muchacha latiría un poco más de prisa al verle.

Sus enamoradas le habían dicho que parecía Apolo conduciendo el sol a través del cielo. Añadían que, como el dios griego, él hacía desaparecer la oscuridad de la noche.

Era un cumplido que había oído con tanta frecuencia que empezaba a creerlo.

Aunque Elaine tal vez no había oído hablar de Apolo, sería imposible, pensó él, que no se sintiera llena de admiración al verle. El Conde no era, en realidad, un hombre muy vanidoso; pero tenía una idea muy clara de su propia valía.

Hubiera sido tonto, y no lo era, si no se hubiera dado cuenta de que no había nadie en toda la Aristocracia inglesa que llevara las riendas mejor que él.

Sabía muy bien que podía vencer a cualquiera de sus contemporáneos, tanto conduciendo un vehículo como montando un caballo. Tardó poco más de una hora en llegar a las puertas de la casa Avondale.

No era una mansión particularmente atractiva. Comparada con Charn, su estilo Arquitectónico era más pobre y su posición había sido mal elegida.

De todas formas, pensó el Conde con cierto cinismo, un Duque es siempre un Duque.

Cabía la posibilidad, aunque parecía bastante improbable, de que la importancia del título inclinara la balanza en favor de Hampton.

Recordó la horrorosa cara de Hampton y su cuerpo regordete. La comparación entre ellos era absurda.

El Conde había tomado la precaución de enviar a un mozo a primera hora de la mañana con una nota en la que comunicaba a Elaine que iba a ir a visitarla.

Cuando se detuvo frente a la puerta principal, estaba seguro de que ella lo estaría esperando ansiosamente.

Dos lacayos bastante mal vestidos extendieron una gastada alfombra roja en la escalinata.

El palafrenero del Conde había saltado del asiento posterior, para sujetar los caballos.

El Conde soltó las riendas lentamente y, sin prisa, se bajó del faetón. Un anciano mayordomo le hizo una reverencia cuando llegó a la puerta principal.

El Conde entregó a un lacayo su sombrero y sus guantes. Pensó que el amplio vestíbulo era un poco sombrío. Eso se debía, tal vez, a que los cuadros que colgaban en las paredes necesitaban una buena limpieza.

Siguió al mayordomo, que lo condujo a un amplio salón con un claro exceso de muebles. Para su sorpresa, no había nadie. Él pensaba que Elaine estaría esperándole en él.

Recordó en cuántos salones del mismo tipo había entrado en el pasado. La Dama a la que iba a visitar estaba siempre de pie en el extremo más lejano.

Casi siempre se encontraba de pie junto a un jarrón de flores, vestida con su modelo más elegante.

Al cerrarse la puerta, sus ojos parecían llenar su cara. Entonces era sólo cuestión de segundos que corriera hasta él para arrojarse a sus brazos.

Ella decía atropelladamente:

—¡Yo esperaba que vinieras, pero... oh, Darrill, tenía tanto miedo de que se te hubiera olvidado!

—¿Cómo piensas que podía haber sucedido tal cosa— contestaba él.

—¡Te amo, Darrill, te amo!

Las palabras eran pronunciadas en un murmullo bajo y apasionado.

Sus labios esperaban los suyos y el cuerpo cálido y ansioso, cuyo corazón él sabía, latía con desesperación, se oprimía contra el suyo. Todo era tan familiar que siempre le hacía pensar que estaba en un escenario interpretando un papel que se sabía ya a la perfección.

Para su sorpresa, sin embargo, Elaine no lo estaba esperando. Él pensó un poco cínicamente que era más lista de lo que pensaba. Cinco minutos más tarde, entró en la habitación.

Era tiempo suficiente, pensó el Conde, para que él estuviera impaciente por verla, pero no suficiente para que se hubiera irritado por la demora.

Estaba preciosa; nadie podía negar eso, con un vestido que ya le había visto la semana anterior.

Entonces lo llevaba adornado con cintas azules, que habían sido cambiadas ahora por otras rosas.

Su pelo estaba peinado a la última moda, pero de una forma tan hábil, que parecía natural.

En el brazo, como si viniera del jardín, llevaba una gran cesta llena de rosas.

Se detuvo en la puerta y le dijo:

—Siento mucho haberle hecho esperar. Aunque tuvo usted la gentileza de comunicarme que iba a venir, no le esperaba tan temprano. El Conde pensó que hablaba con toda naturalidad. Al mismo tiempo, no era tan ingenuo como para creer que ella estaba realmente en el Jardín, cortando las flores.

Elaine dejó la cesta en una silla y después se acercó a la chimenea. Debido a que hacía demasiado calor para encender el fuego, el Conde vio que la chimenea había sido decorada con plantas y que los capullos que brotaban de ellas eran rosas, como las cintas del vestido de Elaine.

—¡Estás muy hermosa!— dijo él en voz baja.

Ella no se ruborizó, pero bajó la mirada con timidez. Se le ocurrió al Conde que era, de nuevo, exactamente lo que debía haber hecho.

Le dio la impresión de que era un acto ensayado y no una reacción espontánea.

Entonces se dijo a sí mismo, que estaba siendo innecesariamente criticón y que no había nada que él odiara más que una muchachita tonta, torpe e insegura de sí misma.

—¡Ha sido muy amable por su parte venir hasta aquí para verme!— estaba diciendo Elaine con suavidad.

—No queda muy lejos -contestó el Conde—, y mis caballos nuevos han hecho el recorrido con mucha rapidez. He pensado que tal vez le guste verlos.

—Sí, desde luego.

Comprendió, por la forma en que lo dijo, que no estaba realmente interesada.

Él hubiera querido decirle que Hampton era un inútil cuando se trataba de conducir un vehículo y que era un caballista de segunda categoría, que sólo usaba caballos muy mansos.

Se dijo a sí mismo que ése no era el momento más apropiado para estar pensando en Hampton, sino en sus propios intereses.

—He venido, Elaine— dijo el Conde en voz profunda— porque tengo algo que decirle.

Ella levantó los ojos azules hacia él y preguntó con ingenuidad:

—¿De qué se trata? ¿No podía esperar que yo volviera a Londres?

—¡No, no podía esperar!— dijo el Conde con firmeza—. Y, en realidad, he pensado que el campo, que estoy seguro, debe gustarle tanto como a mí, es el lugar más idóneo.

Se le ocurrió, al decir eso, que no tenía idea siquiera, de si a ella le gustaba el campo o no.

Sólo se habían visto en Londres y no habían hablado sobre ese tema.

Entonces olvidó todo, excepto que los ojos de ella buscaban la cara de él y que sus labios, ligeramente entreabiertos, eran muy bellos. Quería besarla y estaba seguro de que él sería el primer hombre que lo hiciera.

—Lo que he venido a pedirte, Elaine— dijo— es que te cases conmigo.

Las palabras salieron de sus labios espontáneamente y, pensó él, no con la elocuencia que hubiera querido.

Los ojos de Elaine se agrandaron, mientras decía con un tono de genuina sorpresa:

—No tenía la menor idea de que usted tenía esas pretensiones respecto a... mí.

—Pero así es.

La rodeó con su brazo al decir eso. Para su asombro, ella levantó las manos, como para detenerlo.

—Por favor— suplicó Elaine—, ¡por favor, no debe usted besarme!

—¿Por qué no?

—Porque yo todavía no he decidido nada. Usted me ha pedido que sea su esposa, pero yo debo pensarlo.

—¿Qué vas a pensar? -preguntó el Conde con asombro. Jamás en su vida, ni en sus sueños más alocados, había pensado que una mujer a la que propusiera matrimonio, no le iba a aceptar en el acto.

Elaine, que todavía le estaba sujetando con las manos, continuó explicando:

—Yo no creía que sus intenciones fueran serias.

—¡Claro que son serias!— contestó el Conde con firmeza—. Muy serias, y creo, Elaine, que puedo hacerte feliz.

Pensó, al decir eso, que no era posible que una mujer no fuera feliz a su lado, cuando tenía tantas cosas que darle.

—Es usted muy amable y yo sé que le cae muy bien a papá— dijo Elaine—. De todas formas, sería un gran error que decidiéramos algo definitivo hasta que no nos conozcamos un poco mejor.

El Conde estaba asombrado.

—Nos hemos estado viendo durante toda la semana pasada— protestó.

—Sí, pero no... a solas. Siempre hemos estado rodeados de mucha gente.

El no contestó y, después de un momento, ella dijo, bajando los ojos:

—He sabido, desde luego, el gran éxito que tiene usted en todo lo que hace y cuántas mujeres le han amado...

—¡No debes dar crédito a los chismes!— la interrumpió el Conde—. Y yo te puedo jurar, Elaine, sobre la Biblia si es necesario, que nunca, y ésta es la verdad, he pedido a nadie que se case conmigo, hasta ahora.

—Entonces, desde luego, me siento muy honrada, muy... muy honrada. Pero aun así, debo pensarlo.

Se alejó de él y se dirigió a la ventana. La luz del sol pareció envolverla en un halo.

El Conde la contempló durante largo rato, disfrutando del espectáculo de su belleza, antes de reunirse con ella.

Entonces dijo:

—Sé sensata, Elaine. Te amo y sé que puedo lograr que tú me ames. Anunciemos nuestro compromiso ya , y casémonos antes de que termine la temporada social.

Ella levantó de nuevo las manos como si quisiera resistir la presión de su insistencia.

—¡Debo pensarlo, por favor, debo pensarlo!

—¿Qué tienes que pensar?

—Mi respuesta, por supuesto. Quiero estar... muy segura— dijo Elaine titubeante—, muy segura de que nos amamos lo suficiente para casarrnos.

—Yo no te pediría que fueras mi esposa , si no estuviera seguro de que eres exactamente lo que quiero— dijo el Conde—. Y creo, Querida mía, que disfrutarás vivir en Charn.

Charn será el marco perfecto para tu belleza.

Se dio cuenta de que ella le escuchaba y continuó diciendo:

—De todas las mujeres hermosas que han sido dueñas de Charn, tú serás la más bella.

—Gracias...— murmuró Elaine.

—Ordenaré a Romney que pinte tu retrato y yo lo colgaré en mi despacho.

—Eso me gustaría... mucho.

—Entonces, ¿la respuesta es "sí"?

De nuevo el Conde trató de rodearla con un brazo, pero ella se alejó.

—Yo todavía quiero pensarlo, pero, desde luego, me gustaría conocer Charn si usted me invita a ir allí.

El Conde extendió los brazos.

—Ven mañana e invita a que te acompañen todas las personas que desees.

-Es usted muy amable, pero mañana hay un Baile en Londres al que no puedo dejar de asistir.

El Conde se echó a reír.

—Pronto vas a aprender, Querida mía, que, como tu esposo, yo seré más importante que cualquier Baile.

—Pero éste es uno muy especial.

—¿Por qué?— preguntó el Conde.

—Porque lo dan en mi honor.

—¿Quién?

—El Marqués de Hampton.

—¿Te va a ofrecer un baile?— exclamó el Conde con incredulidad.

—Será un Baile íntimo, pero como papá no tiene dinero para darme uno, ya se puede imaginar que es muy emocionante para mí.

—Por supuesto— reconoció el Conde—.Supongo que yo estaré invitado.

—Estoy segura de que James le invitará, si le suplico que lo haga.

—No te molestes.

Entonces, como el Conde comprendió que estaba siendo muy poco caballeroso, añadió:

—Por supuesto, si estás comprometida en matrimonio conmigo, Hampton comprenderá que no podrías asistir al baile sin mí. Por otra parte, tienes todas las disculpas del mundo a tu disposición para negarte a asistir.

—¡Yo no podría hacer eso! ¡Sería muy descortés por mi parte!

—Escúchame, Elaine— dijo el Conde con tono muy serio—. Yo te amo y estoy decidido a que seas mi esposa. Yo daré un baile en tu honor en la plaza Berkeley y otro en Charn.

Elaine lanzó una pequeña exclamación que a él le pareció de alegría y él continuó:

—Olvida a Hampton y a todos los demás hombres. Piensa sólo en mí, en lo feliz que te voy a hacer como mi esposa.

—Es usted muy amable— repitió Elaine— y yo estoy deseando conocer Charn.

—Entonces, ven conmigo.

—¿Cuándo va a ir usted a Charn?

—Tan pronto como sea posible.

Elaine miró hacia el jardín.

—Papá me ha hablado mucho de Charn— dijo—, al igual que mi abuelo, que fue amigo de su padre.

—Sí, creo que sí— reconoció el Conde, pensando que se estaban alejando del tema.

—Mi abuelo me ha dicho que Charn tiene todo lo que una gran casa debe tener, excepto una cosa en particular.

—¿Cuál?— preguntó el Conde.

No pudo evitar que su voz sonara un poco aguda.

—Esta misma mañana mi abuelo ha comentado que aunque su colección de cuadros no tiene rival y sus muebles ingleses son muy finos, no tiene usted nada francés.

—¿Francés?— preguntó el Conde con sorpresa—. ¿Por qué iba a tenerlo?

—El Príncipe de Gales tiene una magnífica colección de muebles franceses en la Casa Carlton.

—Sí, lo sé. Creo que su Alteza Real envió a su *chef*, que es francés, a comprar todo lo que se estaba subastando en el Palacio de Versalles.

—Vi esos muebles la semana pasada— comentó Elaine—, y me parecen muy bonitos.

—¡Si quieres muebles franceses, los tendrás!— dijo el Conde. Le pareció que los ojos de ella se iluminaban.

—¿Lo dice en serio?

—¡Por supuesto que lo digo en serio! Estoy seguro de que debe haber todavía muchos muebles franceses a la venta en Londres.

—Pueden obtenerse mejores en Francia, ahora que el Tratado de Paz ha sido firmado.

El Conde la miró con fijeza.

—¿Quieres decirme que deseas que vaya a Francia a comprar los muebles?

—¿Haría usted eso?

Elaine habló con ansiedad. Ahora se acercó un poco más a él.

—¿Sería capaz de hacer eso por... mí?

—Haré cualquier cosa que desees que haga, aunque esto me parece un poco fuera de lo común.

—Estoy segura de que usted quiere que Charn sea la casa perfecta. Si, como dice mi abuelo, no hay muebles franceses en ella, sería maravilloso para mí ser quien le convenciera de que debe introducirlos en su casa.

Al Conde todo eso le pareció muy extraño.

Sin embargo, al menos era una idea novedosa y suponía por qué la había propuesto Elaine, que parecía una muchacha muy original en todo lo que hacía.

—Iré a Francia inmediatamente— dijo él—, y te traeré un barco cargado de muebles franceses, de Versalles o de donde puedan comprarse, si todavía existen.

Tenía la impresión de que las subastas de Versalles, de la que tanto había oído hablar, habían terminado ya.

Suponía, sin embargo, que todavía habrían muchos muebles a la venta de los grandes Castillos franceses aún existentes.

Elaine le miraba con expresión ansiosa. Al Conde le pareció que con el pelo iluminado por la luz del sol estaba tan increíblemente hermosa.

—Si voy a Francia como tú me has pedido, comprometámonos en matrimonio, por lo menos, antes de que yo me vaya.

De nuevo, para su sorpresa, Elaine movió la cabeza de un lado a otro. A él le pareció que sus ojos tenían una expresión maliciosa al decir:

—¡Usted va... demasiado deprisa!

Mientras está en Francia tendré tiempo de... pensar y cuando vuelva... con algunos hermosos... muebles para Charn, podremos... hablar de nuevo... de este asunto.

—Todo esto me parece un poco desconcertante.

—Usted está tratando de presionarme y yo le estoy pidiendo que me demuestre su... amor.

Dijo estas últimas palabras con timidez. Una vez más sus largas y oscuras pestañas contrastaron sobre la blancura de su piel.

—Me haces sentirme como si tuviera que matar al dragón, o realizar uno de los trabajos de Hércules, para conquistarte.

Elaine unió las manos.

—Eso es exactamente lo que le pido, así que, por favor, vaya a Francia y cuando vuelva, yo estaré... esperando.

—¿Estás segura de eso?

—¡Muy segura! Estaré aquí aferrada a la esperanza de que consiga lo que se propone.

El Conde se acercó más a ella.

—Si hago lo que tú deseas -sugirió- creo que lo menos que puedes hacer es darme un beso de despedida.

Por un momento, le pareció que ella iba a aceptar. Entonces, cuando los labios de él se acercaron a los de ella, Elaine puso los dedos en la boca del Conde. Al hacerlo, se inclinó hacia adelante con rapidez y le besó en la mejilla.

El Conde la hubiera rodeado con sus brazos, pero ella escapó y se dirigió a la puerta.

—Adiós y buen viaje -dijo con suavidad.

Antes de que él pudiera siquiera pensar que Elaine estaba actuando de una forma muy extraña, ella había salido de la habitación y la puerta se había cerrado.

Se quedó sólo, con la incómoda sensación de que había hecho un poco el ridículo en su primera proposición matrimonial y lo que era más, estaba más o menos obligado a ir a Francia, quisiera o no.

—¡Caramba! -dijo en voz alta—. ¡Todo este asunto es ridículo!

Capítulo 2

MIENTRAS conducía su carruaje de regreso a Londres, el Conde pensó que todo era muy diferente a como se lo había imaginado.

Todavía no podía creer que, después de haber hecho su primera proposición matrimonial, lo hubieran dejado en suspenso; que no le hubieran dado ni un "sí" ni un "no".

No estaba seguro, sin embargo, que hacer al respecto.

Debido a que se sentía un poco alterado, se fue al club White's a buscar a sus amigos. Al entrar vio a Lord William Dale sentado solo en un rincón del llamado Salón de la Mañana.

Siguiendo un impulso, se dirigió hacia él y se sentó.

—¡Milord, acabo de proponer en matrimonio a su hija!— dijo, con un tono un poco agresivo.

La expresión sombría que había en la cara de Lord William desapareció. El hombre se irguió en su asiento.

—¡Mi Querido Muchacho!— exclamó—. ¿Esa es la mejor noticia que he oído desde hace años?

Extendió la mano.

—¡Mis más cordiales felicitaciones!

El Conde no aceptó su mano, sino que dijo:

—Elaine me ha pedido que le dé tiempo para pensarlo.

—¿Para pensarlo?— exclamó Lord William asombrado—. Pero, ¿Qué tiene que pensar?

—Eso es lo que yo mismo le he preguntado.

Lord William pareció querer decir algo, pero cambió de opinión y murmuró:

—Supongo que Elaine querrá consultarlo con su madre.

El Conde se preguntó que tendría que ver Lady William en el asunto.

Lord William se dejó caer de nuevo en el sillón y, después de un momento, comentó:

—Bueno, espero que Elaine se decida pronto, ¡Ó tendrá usted que irme a pedir su mano a la prisión de los deudores!

Con una sonrisa cínica en los labios, el Conde comprendió que aquella era una insinuación que él no podía ignorar.

—Permítame hacerle un préstamo, Señoría, para que pueda usted salir adelante.

Lord William volvió a ponerse alerta.

—¿Haría usted eso, de verdad? Es muy amable por su parte, Charncliffe, y la verdad es que no tenía la menor idea de dónde iba a sacar un penique más.

El Conde sacó su chequera del bolsillo y ordenó a un criado del club que le llevara una pluma y un tintero.

—Si lo hago por dos mil guineas— dijo—, cree usted que será suficiente?

Lord William sonrió ampliamente.

—Yo siempre he sabido que es usted un gran tipo, Charncliffe. Lo prefiero a usted como yerno, que a cualquier otro hombre que conozco— declaró, tartamudeando.

El Conde pensó con cinismo que eso no era de sorprender.

Extendió un cheque por dos mil guineas, lo firmó y se lo entregó a Lord William, quien se lo guardó rápidamente en el bolsillo del chaleco.

—Ahora, creo que deberíamos tomar un trago— propuso el Conde—. Para celebrar nuestro futuro parentesco, debe ser champán.

Lord William aceptó sin titubeos.

Cuando les sirvieron el champán, se tomó su copa con rapidez como si temiera que fueran a quitársela.

Después de un corto silencio, el Conde dijo:

—Tengo entendido que Hampton va a dar un baile en honor de Elaine mañana por la noche.

—¿Un Baile? — repitió Lord William.

—Le he dicho ya a su hija -continuó el Conde—, que en cuanto nos comprometamos en matrimonio, daré un Baile en su honor aquí en Londres, en la plaza Berkeley, y otro en Charn.

Sabía que estaba sobornando a Lord William, como lo había sobornado ya con las dos mil guineas, pero se dijo a sí mismo que valía la pena hacerlo.

Elaine se estaba haciendo la difícil, y él tenía la desagradable idea de que el Marqués continuaba tras ella y no se daría por vencido con facilidad.

Vio a su amigo Henry Lynham, que le observaba a través de la habitación. Cuando el Conde volvió a dar un sorbo de su copa de champán, Henry se acercó a él.

—¿Están celebrando algo?— preguntó con expresión de desconfianza.

Bajó la mirada hacia el cubo que contenía la botella de champán, y que el criado había dejado junto a la silla del Conde.

—Nada en particular— contestó éste—. ¡Toma una copa con nosotros!

—Gracias.

Henry se sentó en un sillón junto al Conde.

Era un hombre apuesto y él no podía quejarse de que le faltara nada, ya que era el hijo único de un hombre muy rico.

Él y el Conde se habían hecho amigos en Eton y su amistad había continuado a través de los años.

Ambos se habían jurado mutuamente que preferirían su soltería y el Conde se había dado perfecta cuenta de que el nombre de Henry no figuraba entre los que había visto en el libro de apuestas.

Hizo algunos comentarios despectivos sobre una invitación que ambos habían recibido para ir a la Casa Carlton.

Lord William se puso de pie. Se terminó su tercera copa de champán, antes de marcharse y después apoyó una mano en el hombro del Conde.

—Gracias por todo, Hijo mío— dijo— . ¡Y buena suerte!

Era evidente la sinceridad con la que había hablado. Cuando se alejó, Henry preguntó:

—¿Ha querido decir con eso que la *Incomparable* Elaine te ha aceptado?

—¡Lo está pensando!— dijo el Conde.

—¿Cómo que lo está pensando?— exclamó Henry.

El Conde decidió que la conversación se estaba volviendo un poco incómoda para él y dijo:

—Debo salir para Francia mañana o pasado como máximo.

—¿A qué vas?

—Elaine dice que a Charn le faltan muebles franceses. Como los ha visto en la Casa Carlton, se ha encaprichado de ellos.

—¡No puedo creerlo! ¡En mi opinión, a Charn no le falta nada, ni siquiera una dueña!

El Conde sonrió con tristeza antes de contestar:

—Eso es lo que de verdad intento tener, pero primero, al parecer, se necesitan muebles franceses como fondo más adecuado para la belleza de Elaine.

Henry le miró como si pensara que no estaba hablando en serio. Cuando se dio cuenta de que sí lo estaba haciendo, dijo:

—Tú nunca dejarás de sorprenderme, Darrill. Aunque debo admitir que los muebles de la Casa Carlton son realmente notables.

El Conde estuvo de acuerdo con él, sin embargo, se dijo, que a él le gustaban los muebles dorados que Adam había diseñado y los exquisitos muebles Chippendale que llenaban la mayor parte de las habitaciones de Charn.

Y, sin embargo, al pensar en ello tuvo que reconocer que los cuadros, cristales, bronces, porcelanas de Sevres, y gobelinos que el Príncipe había llevado de Francia eran realmente espectaculares.

El Conde era un verdadero experto en todo lo que a cuadros y muebles se refería.

Sabía que el *escritorio* diseñado por Charles André Boulle, en el que el Príncipe escribía sus cartas de amor, era magnífico.

Podía decir lo mismo de los bustos esculpidos por Jacques Caffieri, y los gabinetes de Ogden con sus cubiertas de mármol y sus manijas de oro. Podía comprender porque, debido a que eran muebles tan hermosos, habían fascinado a Elaine.

Esos eran los muebles que ella tendría y no había nadie mejor capacitado que él para elegirlos.

—¿Vas a ir de verdad a Francia?— preguntó Henry.

—¡Claro que sí!— contestó el Conde—. Y cuanto antes vuelva, antes podrá ser anunciado mi compromiso.

—Entonces, ¡ella te ha aceptado!

El Conde sonrió.

—¡Me aceptará! -contestó, lleno de confianza.

Cuando volvió a su casa de la plaza Berkeley, se sentó y escribió una carta a Elaine.

Pensó para sí mismo que debía ser muy elocuente. Escribió sobre su belleza y sobre cuánto la amaba. Dijo también:

> *Quiero que nos casemos tan pronto como sea posible, después de mi vuelta. Este abrumador período de espera habrá pasado para entonces. Te amo, y sé que seremos muy felices juntos.*

Mientras firmaba la misiva, con su nombre no pudo evitar el pensar cuántas mujeres se sentirían emocionadas si recibieran esa declaración.

La envió al campo con un palafrenero para que Elaine la recibiera a primera hora de la mañana.

Después mandó buscar al señor Brownlow, su secretario, para planear lo que él consideraba un viaje innecesario a Francia.

Su yate, el *León Marino*, estaba anclado en la bahía de Folkstone.

Sólo cuando estaba a punto de partir, a la mañana siguiente, se preguntó cómo estaría la situación en Francia.

El Tratado de Paz había sido firmado en Amiens en marzo, y contenía un gran número de compromisos por parte de Inglaterra.

El Conde sabía que había una considerable oposición en el Parlamento a la idea de la Paz.

El Gobierno de Jorge III y su Primer Ministro, William Pitt, deseaban continuar la Guerra.

Ésta ya le había costado a Inglaterra cuatrocientos millones de libras esterlinas y la había hecho salirse del llamado "Standard del Oro". Su principal razón era que temían que una Francia, que había crecido considerablemente, hiciera la Paz con sus enemigos. En segundo lugar, estaban íntimamente ligados por una red de amistades a las familias francesas que habían vivido en Inglaterra en el exilio.

La Guerra, sin embargo, que había sido anteriormente muy popular entre el pueblo inglés, se había vuelto ahora impopular. Cuando el Rey y Pitt tuvieron una desavenencia sobre las concesiones hechas a los católicos, el Primer Ministro lo tomó como pretexto para renunciar.

Fue sucedido por Addington, el hijo de un médico, un hombre moderado y poco ambicioso, que respondió a la demanda de Paz del pueblo.

El Conde recordó que Napoleón había parecido encantado. No tenía ganas de seguir luchando.

Por desgracia, la facción partidaria de la Guerra, que había fracasado en el Parlamento, inició una campaña de rumores. Greville describía a Napoleón, que ahora ocupaba el cargo de Primer Cónsul, como *"un tigre que andaba suelto, para devorar a la humanidad"*.

A eso añadía que el Gobierno Francés era una "banda de ladrones y asaltantes".

El Conde, que siempre se había mantenido bien informado de cuanto sucedía en la política, recordó todo eso. Decidió, sin embargo, que nada tenía que ver con el hecho de comprar muebles.

Sabía que muchas de las cosas subastadas en el Palacio de Versalles , habían ido a parar a Inglaterra.

Su secretario le había dado una lista de las otras grandes ventas que se habían realizado en Fontainebleau, en Marly y en St. Cloud.

—Tengo entendido, Señoría— le dijo— que la aparición de tantos muebles en el mercado ha hecho que bajen considerablemente de precio.

—Bueno, eso me conviene mucho, entonces— dijo el Conde—. Pero, ¿Por qué están los franceses tan ansiosos de vender con toda rapidez?

Encantado de poder demostrar sus conocimientos en esa cuestión, el Señor Brownlow contestó:

—Su Señoría debe haber olvidado que en 1793 la Convención emitió una Ley ordenando que todos los muebles de la Aristocracia que había en Francia, debían ser vendidos.

—¡Por supuesto! — exclamó el Conde—. ¡Ya lo recuerdo! Y, por cierto, a mí me pareció una cosa muy tonta, cuando la leí.

Él era mucho más joven cuando había ocurrido eso.

Ahora deseó que su padre hubiera enviado a alguien a Francia a comprar, a precios ridículamente bajos, los muebles que Elaine tanto admiraba.

Sin embargo, estaba seguro de que todavía debían quedar muchos.

Lo único que tenía que hacer era ponerse en contacto con la gente adecuada para que le ayudara.

Por fortuna, el señor Brownlow pudo proporcionarle los datos de un tal señor Daguerre, que había sido el intermediario del Príncipe de Gales.

Daguerre, había considerado que valía la pena abrir en Londres una sucursal de su negocio de muebles franceses, pero posteriormente había vuelto a París.

«¡Ahora, ya estoy listo!», se dijo el Conde a sí mismo con satisfacción. «Tan pronto como tenga los muebles que pueda transportar en mi yate, Elaine se dará cuenta de lo hábil que he sido».

Estaba muy malhumorado, sin embargo, cuando llegó a Dover.

Había sido un viaje largo y pesado. Tuvo que pasar dos noches en una Hostería que le disgustaba mucho.

Subió a su yate y descubrió que en él, por lo menos, todo estaba a su gusto.

Hacía sólo dos años, que había comprado el *León Marino*. Había hecho varios viajes muy satisfactorios por toda la costa Inglesa con Henry y otros amigos suyos.

Consideraba que las mujeres, pocas veces se sentían tranquilas en el Mar.

Si quería agasajar a las bellezas famosas que ocupaban gran parte de su tiempo, no había nada más cómodo que llevarlas a Charn. De hecho, las fiestas que daba en su casa ancestral eran muy exclusivas y las invitaciones a asistir a ellas, altamente apreciadas.

El Príncipe de Gales había sido huésped del Conde en varias ocasiones.

Había expresado con franqueza, su envidia al descubrir que la comida era mejor que en la Casa Carlton y los invitados mucho más divertidos.

—La diferencia radica— dijo con amargura—, en que yo tengo que escatimar y ahorrar, y estar siempre abrumado de deudas, mientras que tú, Darrill, puedes permitirte el lujo de vivir en un lecho de rosas.

El Conde se había echado a reír, pero comprendía el resentimiento del Príncipe. Sin embargo, sabía que de la situación del Príncipe él mismo, tenía buena parte de culpa. Sus amantes habían gastado tanto dinero en los muebles y en la decoración de la Casa Carlton, que el público empezaba ya a protestar.

La gente pensaba que tales lujos eran un desperdicio de dinero.

El Conde, sin embargo, tenía el presentimiento de que la magnífica colección que llenaba los grandes salones sería un día muy apreciada.

Él había tenido la suerte de heredar una casa que era casi perfecta. Podía comprender, por lo tanto, que el Príncipe disfrutara comprando sus propios tesoros, sin importar cuánto le costaran. Cuando el Conde inició el viaje a través del Canal, sintió deseos de estar en Charn.

«Perderé el menor tiempo posible en encontrar lo que quiero», pensó. «Después volveré a Londres antes de que Hampton.¡Maldita sea su impertinencia... !, tiente más a Elaine. ¡Le va a ofrecer un baile y sólo Dios sabe qué otro tipo de diversión le tendrá preparada!»

Pensó que, sin importar lo que Hampton hubiera planeado, sería siempre inferior a cualquier fiesta que él pudiera ofrecerle en la plaza Berkeley y el baile, mucho más grande, que le daría en Charn, sería único en una docena de aspectos diferentes.

Cuando llegó a Calais estaba ligeramente inquieto.

El odio por los ingleses, que había sido cultivado durante la Guerra, podía tener alguna repercusión en contra suya.

Sin embargo, la gente del Puerto parecía bien dispuesta a hacer cualquier cosa que se le pidieran, mientras se estuviera dispuesto a pagar por ella.

Las mujeres, con sus largos chaquetones rojos, sus grandes delantales y sus cofias, le sonreían.

Los campesinos que trabajaban en los campos parecían satisfechos y bien alimentados.

Él había comprado un vehículo tirado por cuatro jóvenes caballos.

Los postillones y los viajeros con los que se encontró en el camino, en las grandes e incómodas diligencias, parecían cordiales. Sólo en los pueblos había señales de la destrucción causada por la Revolución.

En Abbeville, las casas más grandes estaban cerradas y las calles llenas de mendigos. El Castillo de Chantilly, se encontraba en ruinas y los que una vez fueran sus hermosos jardines, en el más completo abandono.

Las Iglesias habían empezado a abrir sus puertas con cierta timidez, la mayoría con los cristales rotos y sus tumbas profanadas. Sin embargo, cuando el Conde llegó a París, le resultó difícil recordar que el país había estado en Guerra.

La capital de Francia lucía en toda su gloria y esplendor.

El Conde decidió que su nuevo aspecto era imponente.

La Barrera Normanda, con sus macizas columnas dóricas; la larga avenida cuádruple bordeada de árboles, la plaza de la Concordia y, más allá, el Palacio Consular de las Tullerías... todo era impresionante.

Por fortuna, no tenía que molestarse en visitar la Embajada Británica.

Ésta había estado cerrada durante todo el tiempo que duró la Guerra.

Ahora era demasiado pronto, después del cese de hostilidades, para que los dos países hubieran tenido oportunidad de intercambiar Embajadores.

En su deseo de terminar cuanto antes, por lo tanto, se puso en contacto de inmediato con el Señor Daguerre.

Ahora era un hombre bastante viejo, pero se sintió encantado de aconsejar al Conde.

Le prometió que le conseguiría unos excelentes muebles de Boule, para que los examinara en cuanto pudiera reunirlos.

—He oído hablar de Charn, desde luego, Señoría— dijo—, y sólo lo mejor será adecuado para un lugar tan magnífico como ése.

El Conde estuvo de acuerdo con él y el Señor Daguerre continuó diciendo:

—De hecho, hay algunos muebles, en las afueras de París, que creo le podrían interesar.

—¿En dónde?— preguntó el Conde.

—En el Castillo de Marigny, Señoría, que está a sólo cinco millas al sur. Creo que merece la pena que vaya a él.

—Iré mañana mismo— dijo el Conde.

Se había instalado en una casa, que en otro tiempo había pertenecido a un Aristócrata que había sido guillotinado. La casa era ahora de un hotelero que le recibió efusivamente.

Las habitaciones eran amplias y bastante cómodas, aunque no estaban muy limpias.

El servicio era detestable y el Conde tuvo que depender completamente de su Ayuda de Cámara.

Por lo tanto, volvió a decirse, a las veinticuatro horas de haber llegado a París, que cuanto antes volviera a Inglaterra, mejor.

Estaba pensando en la comodidad de su casa de la plaza Berkeley, cuando se le ocurrió que la verdadera razón de su deseo de volver debía ser, desde luego, Elaine.

No tardó en descubrir que en París, como en la mayor parte de las otras ciudades del mundo, *poderoso caballero es don dinero.*

Consiguió un carruaje y unos caballos más o menos aceptables. Aunque el cochero parecía más un pirata que el servidor de un caballero, conducía con bastante rapidez, según descubrió el Conde, y con un cierto grado de seguridad.

Después de un desayuno inglés, que Hunt tuvo grandes dificultades en conseguir, emprendió la marcha hacia el Castillo de Marigny.

Los caminos eran malos y el Conde se alegró de que no hubiera llovido en las últimas semanas.

Tardó casi el doble de tiempo en llegar al Castillo, que el que hubiese tardado en recorrer la misma distancia en Inglaterra, por buenos caminos y con sus propios caballos.

Era un Castillo muy atractivo. Estaba rodeado de jardines, ahora invadidos por la maleza.

La fuente de piedra, que se encontraba en el centro, estaba rota, como lo estaban numerosas ventanas del Castillo, que, sin duda, habían sido rotas a pedradas.

Sin embargo, era una impresionante mansión de fines del siglo XVI.

El cochero detuvo el carruaje junto a la puerta principal, pero nadie salió a recibirle.

El Conde subió la larga escalinata de la entrada y vio que la puerta estaba abierta.

Entró en el vestíbulo. Éste tenía una elegancia muy francesa, con su escalera con barandilla de madera dorada tallada, y una chimenea de mármol esculpido, que era muy hermosa.

Todo estaba sucio.

Había polvo en los pocos muebles que quedaban. No había alfombra en la escalera.

El Conde se estaba preguntando qué debía hacer, cuando salió un hombre por la puerta que había al fondo del vestíbulo.

Era tosco y desagradable. Iba vestido con el uniforme de revolucionario, pero su ropa, como la propia casa, presentaba las huellas del descuido y no estaba demasiado limpia.

—¿Quién es usted y qué quiere?— preguntó con tono agresivo.

El Conde contestó en su excelente y fluido francés de acento parisino:

—Me envía el señor Daguerre, y soy el Conde de Charncliffe.

—Yo soy Jacques Ségar— contestó el hombre—, y estoy a cargo de este Castillo.

—¡Le felicito!— contestó el Conde.

Estaba seguro de que lo que el hombre estaba diciendo, era que se había apoderado del Castillo durante la Revolución. Pero él no estaba interesado por la política local; lo único que deseaba era adquirir lo que necesitaba.

Explicó al hombre cuáles eran sus deseos.

Jacques Ségar, con una actitud que le pareció bastante grosera, le enseñó dos notables muebles que le sorprendió que no hubieran sido vendidos antes.

Uno de ellos, pensó el Conde, era exactamente el tipo de mueble que encantaría a Elaine.

Le sorprendió de forma agradable , la cantidad que Ségar le pidió. Era, como el Conde bien sabía, muy baja para el valor real de un mueble tan fino como aquél. Sin embargo, estaba seguro de que se trataba de una cantidad mayor a la que el francés esperaba obtener por él.

Regateó, porque hubiera sido muy tonto por su parte no hacerlo, y obtuvo el esquinero hecho por Riesener por lo que él sabía que era una cuarta parte de su valor.

Un amplio e impresionante salón de recepciones, con altos ventanales que daban al jardín formal, en la parte posterior del Castillo, estaba vacío.

Tan solo en una de sus paredes había un reloj barómetro particularmente fino. Rematado por un cupido. Aquel objeto le pareció muy apropiado para Elaine y, después de algunos regateos, también lo compró.

Dos mesas, cuatro sillas Luis XIV y un *escritorio* con incrustaciones de porcelana de Sevres fueron añadidos a sus compras.

Cerca del mediodía, Ségar dijo con tono agresivo:

—Bueno, yo voy a salir a comer. Si usted ha traído su propia comida, puede comer dentro de la casa o fuera, como quiera.

—¡Gracias por su autorización!– dijo el Conde con una nota de sarcasmo en la voz.

Ségar, sin embargo, no se dio cuenta de hasta qué punto le despreciaba su visitante.

—Volveré dentro de una hora y media– dijo–, y entonces podrá decirme si quiere algo más o pagarme por lo que ya ha elegido. Bajó la gran escalinata. El Conde pensó que era un hombre muy desagradable y que se alegraba de que se hubiera ido.

Había todavía numerosas habitaciones que no había inspeccionado.

Y decidió que prefería hacerlo solo.

El hombre olía a ajo y era evidentemente hostil a cualquier Aristócrata.

Ségar se fue montado en un caballo que había cogido de la caballeriza situada bastante cerca de la casa.

El ayuda de cámara del Conde y el cochero, subieron a la casa la gran cesta con el picnic que él había llevado de París. En su interior había paté y varios excelentes platos fríos, así como una botella de vino.

El Conde se sentó en una mesa que había sido tallada por un artesano magistral, y Hunt le atendió.

Cuando terminó de comer, comprendió que Ségar tardaría todavía en llegar.

Salió de la habitación en la que había comido y empezó a explorar los dormitorios.

La mayor parte de ellos estaban vacíos, pero en uno había un exquisito espejo tallado con flores y cupidos y rematado con un escudo de armas.

El Conde sabía que era el escudo de armas de los Condes de Marigny, a quienes había pertenecido el Castillo.

Supuso que habían sido guillotinados.

Mientras estaba mirando el espejo, se dio cuenta de que alguien se encontraba detrás de él. Se dio la vuelta y vio a una mujer anciana de una clase social muy diferente a la de Ségar.

Aunque pobremente vestida, iba muy limpia y bien arreglada. Se acercó a él en silencio.

—Por favor, señor— dijo—, ¿Puedo hablar con usted?

—Sí, desde luego— contestó el Conde.

La anciana miró a su alrededor, como si temiera ser oída, antes de preguntar:

—¿Es usted inglés?

—Sí, lo soy.

—Entonces, ¿Podría venir conmigo? Tengo algo que enseñarle de gran importancia.

Había un tono de súplica en su voz , que el Conde consideró muy conmovedor.

Se dio cuenta de que la anciana hablaba un francés parisino perfecto, lo que significaba que era una mujer bien educada.

Él le sonrió con gesto tranquilizador, antes de decir:

—Estoy dispuesto a ver cualquier cosa que tenga usted que enseñarme.

Tenía la sospecha de que ella había extraído del Castillo algo de valor, que no había caído en las manos del desagradable Ségar. Una vez más, la anciana miró a su alrededor.

Por fin, se dirigió a un lado de la chimenea y deslizó su mano por uno de los paneles blancos de madera que cubrían toda la habitación.

El Conde la observó con sorpresa hasta que vio que una sección de la pared se abría, dejando una abertura al descubierto.

La mujer entró y le pidió por medio de señas que lo siguiera. Él titubeó un momento, pensando que tal vez podía ser una trampa. Entonces se dijo a sí mismo que estaba seguro de que la anciana francesa no suponía ningún peligro para él.

Nada más entrar, la abertura se cerró a su espalda. Tardó varios segundos en acostumbrarse a la oscuridad.

Por fin, mientras la francesa avanzaba y él la seguía, vio una luz muy tenue, aunque no estaba seguro de donde procedía. Fue, sin embargo, suficiente para ver una larga escalera que descendía hacia el fondo.

Era tan estrecha que comprendió que estaba construida entre las paredes del Castillo.

Siguió a la francesa largo rato.

De repente, cuando estaba seguro de que debían estar bajo tierra, apareció un pasaje.

Aquí la luz aparecía de forma intermitente, a través de pequeños agujeros que lo hicieron sospechar que estaba debajo del jardín. Tal vez cerca de una de las balaustradas de piedra que había visto a ambos lados de los descuidados lechos de flores.

La francesa continuó andando sin hablar.

Subieron otra escalera tan estrecha como la que habían bajado. En lo alto de ellas se detuvo, después palpó la pared que había frente a ella y abrió lo que el Conde vio que era la entrada a una habitación.

La anciana entró en ella.

Cuando el Conde se reunió con ella vio que la habitación en la que se encontraba era muy pequeña y tenía pocos muebles. Miró a su alrededor y se dio cuenta de que no había nada valioso en ella.

—Por favor, espere usted aquí, señor— dijo la francesa en voz baja.

Abrió la puerta y él la oyó hablar en voz baja con alguien. Un momento más tarde, volvió acompañada de una jovencita.

Una sola mirada a la recién llegada reveló al Conde, sin necesidad de palabras, que se trataba de una Aristócrata.

Tenía una figura pequeña y delicada y una cara que podría haber servido de modelo a Boucher.

Su pelo, peinado con sencillez, era oscuro y su piel muy blanca. Sus ojos, que el Conde observó tenían una expresión asustada, eran muy grandes.

Parecían llenar toda su cara.

Avanzó hacia el Conde e hizo una elegante y graciosa reverencia.

—¿Me permite presentarle, señor— dijo la anciana—, a la Condesa Lynetta de Marigny.

El Conde inclinó la cabeza y la mujer continuó diciendo:

—Usted es inglés, porque yo le he oído hablar con su criado. Como la Condesa Lynetta es en parte inglesa, yo le suplico, señor, de rodillas si es necesario, que le salve la vida.

El Conde pareció sorprendido.

—¿Salvarle la vida?— repitió él—. Pero, la Revolución ya ha terminado.

—¡No aquí, señor!

—No comprendo.

La anciana hubiera hablado de nuevo, pero la Condesa hizo un pequeño gesto y dijo en inglés:

—Perdónenos, señor, por molestarle, pero mi vieja institutriz, la señorita Bernier, dice la verdad cuando asegura que mi vida está en peligro.

—¡Considero eso espantoso!— contestó el Conde, también en inglés—. ¿Y si nos sentamos y me cuenta usted todo?

Nada más decir eso, se sentó en un sillón.

Casi como si hubiera dado una orden, la Condesa se sentó cerca de él, en una silla de alto respaldo.

La señorita Bernier se retiró un poco.

—Tal vez, deba presentarme, ante todo— dijo el Conde, al ver que la joven Condesa no decía nada—. Soy el Conde de Charncliffe, y he venido a París a comprar muebles franceses.

—He supuesto que ésa era la razón de que usted estuviera aquí— dijo Lynetta con voz muy suave—. Me gustaría que adquiriera usted todo lo que queda de las cosas que pertenecieron a Papá.

—¿Su padre era el dueño de este Castillo?— preguntó el Conde.

—Este es mi hogar— contestó Lynetta—, pero se ha apoderado de él un hombre cruel y perverso.

—¿Se refiere usted a Ségar?

Ella asintió con la cabeza.

—Me ha parecido un hombre muy desagradable— comentó el Conde.

—Él ordenó guillotinar a mi padre y a mi madre. La gente de nuestra finca los amaba y jamás les habría hecho daño, pero hace tres años, él se los llevó.

—Sin embargo, usted se salvó -comentó el Conde.

—La señorita Bernier me salvó— dijo Lynetta mirando hacia donde estaba su institutriz—. Me escondió en el pasaje secreto por el que usted acaba de entrar. Nadie más sabe que existe.

—Tuvo usted suerte.

—¡Sí, pero es horrible estar constantemente en peligro!

—¿Por qué?

—Ségar sabe que estoy viva y sospecha que estoy escondida en el Castillo o en sus alrededores.

Emitió un profundo suspiro y el Conde comprendió lo asustada que estaba, cuando continuó diciendo:

—Está siempre buscando, observando, sobornando a la gente para que le digan si me han visto.

—¡Eso es angustioso!— comentó el Conde.

—Lo sé. Yo tengo miedo no sólo por mí, sino también por la señorita Bernier.

Había una nota de terror en su voz al añadir:

—¡Si él me encuentra no sólo me matará, sino que castigará a la señorita, de alguna forma terrible!

El Conde frunció el ceño. Si había algo que él detestaba era la crueldad y podía comprender lo que aquella jovencita estaba sufriendo.

—La Señorita Bernier ha tenido que armarse de valor para pedirle ayuda— continuó diciendo Lynetta—. Yo sé que es mucho pedir, pero, ¿Podrá usted, por favor, sacarme de aquí? Si puedo llegar a Inglaterra, estoy segura de que algunos de los familiares de mamá, que deben estar vivos todavía, se harán cargo de mí.

Se hizo un silencio hasta que el Conde dijo en voz baja:

—No me deja usted otra alternativa más que hacer lo que usted me pide.

—¿Quiere decir que de verdad me ayudará?

Su cara se iluminó de pronto de una forma que resultaba muy conmovedora.

—¿De verdad hará usted eso?

—Lo intentaré, pero, como usted puede darse cuenta, no va a ser fácil.

—La señorita Bernier tiene una idea.

—¿Cuál es?

La institutriz avanzó hacia adelante.

—Estoy segura, señor— dijo ella en francés—, que usted va a comprar el mejor mueble que queda en el Castillo.

—Sí, ya hemos acordado un precio por él— confirmó el Conde.

—Entonces, si viene a por él mañana, y los hombres tienen mucho cuidado al sacarlo, la señorita Condesa podría esconderse en su interior.

El Conde la miró con asombro.

—¿Habrá espacio para ella?— preguntó.

—Estará más cómoda de lo que estaría aquí si la descubrieran…— dijo la francesa, con mucha sencillez.

La sinceridad de su voz reveló al Conde que no había la menor duda de que creía todo lo que estaba diciendo.

—¿Por qué está este hombre tan decidido a vengarse de usted?— le preguntó a Lynetta.

—Papá le despidió del Castillo, cuando el era joven, porque robaba, bebía y era muy grosero con los demás criados. Cuando estalló la Revolución, vio la oportunidad de vengarse de todos los Aristócratas.

—Comprendo— dijo el Conde—, ¿Y usted cree que realmente piensa matarla?

—Él me torturaría primero, como hemos oído que torturó a algunos de nuestros amigos cuando estuvo en París.

Lo dijo sin dramatizar.

Era imposible para el Conde no creer que estaba diciendo la verdad.

—Yo la ayudaré -dijo-, pero no será fácil.

—Por favor, lléveme a Inglaterra. Ya no siento que Francia sea mi país, después de lo que los franceses han hecho a mis Padres.

—Tenemos que planearlo todo muy bien— dijo el Conde-. Si Ségar piensa que está usted tratando de escapar, no cabe duda de que registrará todos los muebles en los que usted pudiera esconderse.

La Señorita Bernier lanzó un grito de terror. Lynetta se limitó a mirarle con fijeza.

Sus grandes ojos le decían de una forma más elocuente que las palabras lo que estaba sintiendo.

—Yo tengo una idea mejor -dijo el Conde-, pero tal vez resultaría más incómoda.

—Nada podría ser más incómodo que morir a manos de Ségar— dijo Lynetta en voz baja.

—¿Hay alfombras y tapices en el Castillo? Se hizo el silencio.

Entonces la señorita Bernier contestó:

—Sí, hay algunos. Varias alfombras que no fueron vendidas se colocaron en una habitación que hay al fondo del pasillo principal. Las vi una noche en que andaba por ahí, buscando algo que pudiéramos vender para comer.

—¿Quieren decirme que han pasado... hambre?— preguntó el Conde con voz aguda.

—El dinero se nos acabó, señor— contestó la Señorita Bernier—. Sólo vendiendo en el pueblo las pocas cosas que yo había escondido antes del remate, hemos podido comer la señorita Condesa y yo.

—Si me llevo a la señorita Condesa a Inglaterra— dijo el Conde—, ¿qué hará usted?

La señorita Bernier sonrió.

—Tengo una hermana en Lyon, señor. Habríamos ido a refugiarnos con ella, si hubiera sido posible salir del Castillo sin que Ségar se diera cuenta.

Lanzó un leve sollozo y continuó:

—Tiene espías por todas partes. La señorita Condesa sólo puede salir de la casa de noche, de vez en cuando. Algunas veces, cuando estamos seguras de que él no está, ha subido a la Torre del Castillo.

—Estoy de acuerdo en que esto no puede continuar -dijo el Conde con voz ronca-. Ahora escuchen, tengo un plan. Sería desastroso que cometiéramos algún error.

Las dos mujeres le miraron y a él le pareció que era muy conmovedor el toque de esperanza que había aparecido en los ojos de Lynetta.

Nunca, ni por un momento, había esperado encontrarse en aquel tipo de situación, cuando la Revolución ya había terminado.

Le parecía algo extraordinario.

Sin embargo, recordaba que después de que pasara el Terror, todavía quedaron poderosos en el Gobierno y en el Ejército, que se oponían violentamente a cualquier intento de volver al viejo orden. Las elecciones de 1797 revelaron que la mayoría era Realista.

El resultado, sin embargo, fue cancelado y una vez más hubo una campaña contra los Aristócratas y los Sacerdotes.

Todo era peor en el campo que en las ciudades.

No podía esperarse misericordia de las tropas Republicanas que, después de producirse un levantamiento en contra de ellas, habían fusilado a setecientos prisioneros.

Más de la mitad de ellos eran nobles.

El Conde podía comprender, en cierta forma, cómo el rencor y el odio de un hombre como Ségar, podían permanecer en él mientras viviera. Era un asesino y después de haber probado el sabor de la sangre, quería seguir matando. El continuaría asesinando aunque muchos Aristócratas, hubieran sido eliminados y sus posesiones confiscadas.

La institutriz guió al Conde de regreso por el pasillo oscuro. Salió por la entrada secreta de la habitación en la que había encontrado el espejo dorado.

Casi no podía creer que lo que estaba sucediendo fuera real. Miró las paredes recubiertas de madera y brocado de la que, en otros tiempos debió ser la habitación de la Condesa de Marigny. Era espantoso el pensar, que una mujer que debió ser tan bella como su hija, hubiera sido decapitada.

Ese era el tipo de cosa, que debía haber satisfecho la sed de sangre de un pueblo que había sido incitado al odio.

Podía imaginar la desventura y el terror en los que Lynetta había vivido durante tres años. Tenía miedo de salir a la luz del sol. Había vivido medio muerta de hambre, porque no había comida suficiente para mantenerlas vivas a ella , y a su fiel institutriz.

«¡Debo salvarla!», decidió el Conde. «¡Dios sabe que será muy difícil, ¡un solo paso en falso, y ella morirá!»

Capítulo 3

CUANDO Jacques Ségar volvió al Castillo, después de haber comido, encontró al Conde sentado en la dormitorio de la Condesa.

Estaba mirando el espejo dorado adornado con cupidos y sus guirnaldas.

Había dicho a Hunt que llevara una de las alfombras más pequeñas que había en la habitación al fondo del pasillo.

Se había instalado en una silla, en el centro de la habitación, para poder admirar el espejo con toda comodidad.

Hunt estaba todavía con él y, cuando Ségar entró, el Conde dijo:

—¡Me gusta ese espejo! Pero será difícil transportarlo a Inglaterra.

—Puede ser envuelto— contestó Ségar.

—¿Podrán hacerlo aquí de la forma adecuada?— preguntó el Conde.

No esperó a que el hombre contestara, sino que añadió con cierto tono de menosprecio:

—Supongo que tendré que pagar más por el envoltorio. Debe envolverse en tela y meterse en una caja de madera. De otro modo, se haría pedazos en el camino.

—Yo puedo encargarme de todo, si me paga la cantidad adecuada— dijo Ségar con tono insolente.

Empezaron a regatear.

Sin embargo, por la expresión que había en los ojos del francés cuando se pusieron de acuerdo por fin en el precio, el Conde comprendió que había obtenido de él una cantidad mayor de la que esperaba. Comprendió que el espejo no había sido vendido, porque era demasiado grande y pesado para ser transportado de un lugar a otro.

—Eso, creo— dijo—, completa el total de lo que quiero comprar. Se puso de pie al hablar.

Hunt se adelantó, se acercó a él y murmuró algo con voz respetuosa.

—¡Oh, sí! ¡Sí, desde luego!— dijo el Conde y añadió en francés, dirigiéndose a Ségar—. Mi criado acaba de recordarme que he visto algunas alfombras en otra habitación que me han gustado mucho, y desde luego, ésta sobre la que estoy de pie.

—¡Todas están a su disposición, si las paga usted!

Ségar habló con tono arrogante.

A pesar de su actitud, el Conde se había dado cuenta de que estaba decidido a vender todo lo que fuera posible. Estaba convencido de que el dinero iría a parar a sus propios bolsillos y no a las arcas de la Convención. Con aparente indiferencia, el Conde aceptó el precio que le pidió por la alfombra en la que estaba de pie.

Cuando se disponía a salir de la habitación, Hunt dijo:

—Disculpe, Señoría, pero me gustaría sugerirle que usara esta alfombra en particular, mientras estamos en París.

Habló en inglés, y el Conde, con voz irritada, dijó a Ségar en francés:

—Mi criado dice que la alfombra del lugar donde estamos hospedados está muy sucia, y que quisiera que nos lleváramos esta ahora. Había llegado a la puerta, se volvió hacia Hunt y dijo con tono agudo:

—¡Está bien, Hunt, enróllala y métela en el carruaje! Caminó por el corredor, seguido por Ségar.

Suponía que las alfombras que habían quedado en el Castillo no eran vendibles. Sin embargo, había una de Aubusson que debía estar en el salón de recepciones, y que, sin duda, había resultado demasiado grande para los compradores.

Pasó un buen rato regateando el precio. Compró otra de hermosos colores, aunque un poco descolorida en una esquina.

Por fin llegaron a un acuerdo final.

El Conde comparó las notas que había hecho, con las que Ségar llevaba en la memoria.

El total ascendía a una considerable suma de dinero francés. El Conde, sin embargo, estaba seguro de que cuando volviera a Inglaterra descubriría que había comprado todo a precio de ganga. Pensó, también, que eran muebles que harían sentir envidia al Príncipe de Gales.

—Haré arreglos— dijo a Ségar—, con Daguerre para que envíe una carreta aquí mañana a recoger lo que he comprado. Traeré conmigo una orden de pago, que le será abonada en cualquier banco de París.

Él pensó que Ségar iba a oponerse a ello. Por lo tanto, no le sorprendió cuando dijo malhumorado:

—Quiero el dinero en efectivo.

—Muy bien— dijo el Conde—. Le enviaré el dinero y, desde luego, le pediré un recibo por él.

Entonces copió las notas que había tomado en otro trozo de papel y se lo entregó a Ségar, para que no hubiera errores, cuando llegara la carreta.

Pagó en efectivo por la alfombra que se iba a llevar con él. Al bajar hacia el vestíbulo, vio que un carruaje estaba ya esperando fuera.

Se detuvo en la escalinata.

—Gracias, Señor, por su ayuda— dijo a Ségar—. Le agradeceré que se ocupe de que todas mis compras sean metidas con cuidado en la carreta, sobre todo el espejo.

—¡He debido cobrarle más por él!— dijo Ségar con el primer gesto de buen humor desde que el Conde llegó.

—¡Ha regateado usted conmigo con gran habilidad y ha conseguido un precio más alto del que yo pensaba pagar!— contestó el Conde, seguro de que eso le complacería.

Bajó la escalinata y subió al carruaje.

Tan pronto como entró en él, Hunt cerró la puerta y salió al pescante, junto al cochero.

Se alejaron y el Conde se asomó por la ventana deliberadamente. Parecía muy interesado por el patio y los jardines.

Cuando recorrieron una buena parte del sendero de entrada, miró la alfombra enrollada que se encontraba en medio del carruaje.

—¿Está usted bien?— preguntó.

Empezó a desatar la alfombra y un segundo más tarde pudo ver la cara de Lynetta.

—¿Ya puedo salir? ¿No hay peligro?— preguntó.

—Tenemos un largo viaje ante nosotros— contestó el Conde—, y creo que estará más cómoda sentada a mi lado.

—Sí, por supuesto.

La ayudó a salir de la alfombra enrollada.

Cuando se sentó en el asiento, al lado de él, se asomó por la ventana y lanzó un leve exclamación.

—¿Es cierto ... de verdad es cierto que he... escapado?

—Mantenga los dedos cruzados— contestó el Conde—, pero creo que, bajo mi protección, llegará usted a Inglaterra sin peligro.

Ella lanzó una exclamación que casi era un sollozo. Al mirarla, el Conde pensó que era todavía más hermosa de lo que él recordaba.

Como él había dado las instrucciones pertinentes para que fuera enrollada por Hunt en la alfombra, la joven llevaba puesto sólo un fino vestido de muselina, con un chal de lana sobre los hombros. En el pelo, en vez de sombrero, se había colocado una pañoleta de gasa color rosa pálido. Enmarcaba la oscuridad de su pelo, que tenía, sin embargo, reflejos plateados.

El Conde vio que sus ojos, con el tono verde pálido de un arroyo de la montaña, estaban salpicados de motas doradas. Comprendía que su físico era el resultado de la mezcla de la sangre de su padre y de su madre.

Hacía que no pudiera ser identificada ni como inglesa, ni como francesa, sino como una combinación de las dos razas, que resultaba muy atractiva.

De hecho, se dijo a sí mismo, tenía un encanto que él no había visto antes.

Se dio cuenta de que la razón por la que los ojos de Lynetta parecían más grandes y desproporcionados para su cara era que estaba demasiado delgada. Sabía que eso se debía a la falta de comida.

—¿Cómo puedo darle las gracias?— preguntó Lynetta en voz baja.

Habían cruzado las rejas de hierro y estaban ahora en la carretera.

—Hablaremos de eso cuando estemos a salvo en Inglaterra— dijo el Conde.

—La señorita Bernier me ha pedido que le dé las gracias de todo corazón por el dinero que usted le ha dado, que le permitirá hacer el viaje a Lyon para reunirse con su hermana.

La señorita Bernier había vuelto con el Conde y Lynetta a las habitaciones principales del Castillo para enseñarle las alfombras de las que había hablado en el pasadizo.

Una vez allí, aunque sabía que Ségar no había vuelto todavía, el Conde había dicho en voz baja:

—Recuerden todo lo que les he dicho.

—Nos quedaremos esperando aquí hasta que usted salga de la habitación— dijo a Lynetta.

—Entonces abra el panel y deje que mi ayuda de cámara , la enrolle en la alfombra que me voy a llevar en el carruaje.

—¡Es usted tan listo!— exclamó la institutriz—. A mí jamás se me hubiera ocurrido una cosa así.

—Creo, en realidad— dijo el Conde con voz un poco divertida, que a Cleopatra se le ocurrió antes que a mí, cuando decidió visitar a Marco Antonio.

—Yo recordé ese hecho cuando usted empezó a decirme lo que debíamos hacer -dijo Lynetta antes de que la señorita Bernier pudiera decir nada.

—¡La historia resulta útil a veces!— comentó el Conde. Le sonrió.

Entonces, sacando una billetera del bolsillo, extrajo una considerable suma de francos que entregó a la señorita Bernier.

—Esto debe ser suficiente para que llegue usted a Lyon— dijo—. Si usted da a la señorita Condesa su dirección, nos encargaremos de escribirle cuando lleguemos a Inglaterra.

Ella emitió una exclamación de gratitud y él continuó:

—Tan pronto como nuestra Embajada abra de nuevo sus puertas en París, yo me encargaré de enviarle cada mes, una pensión que le permitirá vivir con comodidad.

Vio cómo las lágrimas asomaban a los ojos de la anciana.

—¡Dios le bendiga, señor!— murmuró.

Hizo una reverencia y le besó la mano cuando él le entregó el dinero.

Ahora, ya en el carruaje, Lynetta dijo:

—Me hubiera quedado muy preocupada por la señorita Bernier, si usted no la hubiera ayudado como lo ha hecho.

—No quiero que se preocupe por nada, excepto por usted misma— dijo el Conde con firmeza—. Como es mujer, creo que, por lo pronto, debe ocuparse de adquirir un nuevo vestuario.

Lynetta volvió la mirada para otro lado y él se sintió un poco divertido al advertir su timidez.

—Me siento avergonzada— dijo después de un momento— de haber venido sin... nada, más que la ropa que llevo puesta, pero eso fue lo que usted me dijo que hiciera.

—Debo admitir que era lo más sensato. Si usted se hubiera traído algo, como ropa o cosméticos, Hunt no habría podido enrollarla en la alfombra. Además, había el peligro de que se cayera algo al bajar la escalera. ¡Y si eso hubiera sucedido, hasta los propios ratones habrían sospechado algo!

Lynetta se echó a reír. El sonido de su risa fue muy agradable.

—No había pensado en eso— dijo—, sino en que me voy a sentir muy avergonzada de mi aspecto mientras viajamos a Inglaterra.

—Hay mucha ropa en París que podemos comprar, a menos, desde luego, que la Revolución haya hecho perder a los franceses su sentido de la elegancia.

—Cualquier cosa me va a parecer muy elegante a mí, después de haber vivido escondida tanto tiempo. Como sólo podía salir de noche, empezaba ya a sentirme un fantasma.

—Comenzará a llevar una vida muy diferente, tan pronto como emprendamos el viaje de regreso a casa.— le prometió el Conde.

Sólo cuando se estaban acercando a París empezó a pensar qué explicación podría dar a la Servidumbre del lugar donde estaba hospedado.

Era gente desatenta, que no estaba acostumbrada a servir a un caballero.

Por lo tanto, no le habían acompañado a la puerta cuando se había marchado en el carruaje que Hunt había alquilado en una caballeriza pública cercana.

El Conde no había querido usar el carruaje que había comprado en Boulogne, porque los caballos se habían cansado mucho durante el viaje.

Aunque estaba impaciente por llegar a París, comprendió que no podría cambiar los caballos en ruta, porque jamás obtendría caballos tan finos y veloces como ésos.

Así que, para no agotarlos, los había hecho recorrer la distancia adecuada cada día.

No obstante, consideró esencial, al llegar a París, que los animales tuvieran, por lo menos, dos días de descanso.

—Creo que lo mejor que podemos hacer— dijo, después de pensarlo un poco— es decir a los Criados, en el caso de que se interesen por su presencia, lo cual considero poco probable, que es usted familiar mío.

Lynetta escuchaba muy atenta y él continuó diciendo:

—Estaba usted de visita con unos amigos, en las afueras de París, y ahora ha vuelto conmigo porque necesita un nuevo guardarropa.

—¡Eso es cierto! Pero me siento avergonzada, Señoría, creo que estoy abusando de su generosidad.

—¡Nada de eso! Yo he venido aquí a comprar muebles franceses, y nadie puede negar que usted es una pieza muy fina y muy hermosa.

Lynetta se echó a reír.

—¡Me halaga usted, Señoría!— dijo en francés.

El Conde frunció el ceño.

—¡Eso es un error! -exclamó.

—¿Qué, Señoría?

—El que hable usted francés. De aquí en adelante, sólo debe hablarme en inglés, ¿entendido?

—Por supuesto, tiene ... razón, lo ... siento.

—No se preocupe. Yo estoy pensando en nuestra historia y en que no debemos cometer errores.

Lynetta se estremeció y él comprendió que volvía a sentir miedo.

—¿Cree usted que Jacques Ségar sospechará algo?— preguntó.

—Es mejor no correr riesgos. Ese hombre es muy desagradable y desconfiado. Tal vez le parezca extraño que yo haya querido llevarme una alfombra conmigo.

O tal vez— añadió con un tono más agudo de voz—, cuando la señorita Bernier se vaya, registre su casa y encuentre algo que le haga sospechar lo sucedido.

Lynetta unió las manos.

—¡Me está … usted …asustando!— dijo—. He vivido tanto tiempo …aterrorizada, que me parecía un maravilloso … milagro haber escapado … por fin.

—¡Está usted libre! -dijo el Conde en voz baja—. Pero hasta que no hayamos salido de Francia, los dos debemos estar en guardia.

Él no había olvidado , que todavía había muchas rencillas, rencores y discordias que daban lugar a actos de violencia fuera de París. Los franceses refugiados en Inglaterra , contaban tristes historias de familiares suyos que habían escapado de la muerte, sólo para ser traicionados más tarde por algún vengativo campesino.

Sabía que si alguien identificaba a Lynetta, podía ser detenida por la policía de Fouché para interrogarla.

Sólo ese hecho resultaría muy desagradable.

Después de haber hecho el papel de Caballero Andante casi sin proponérselo, no quería fracasar en su propósito de sacar a Lynetta del país.

—¡Usted es inglesa!— dijo con gran firmeza, para que no hubiera la menor duda en la mente de ella—. Si hablo de usted en Francia a alguna persona, la llamaré Lynne, que es un nombre inglés, y su apellido será Charn, que es el apellido de mi familia.

—Me sentiré muy ... honrada fingiendo ser una pariente suya— dijo Lynetta con voz muy suave—. Pero no .... quiero mezclarlo en algo que pueda ser... desagradable.

—Yo me sé cuidar bien solo, y según tengo entendido, Bonaparte desea ser cordial con los ingleses, ahora que se ha declarado la Paz.

—La señorita Bernier me compraba periódicos de vez en cuando, si tenía dinero para hacerlo. En ellos leía que el Tratado de Paz beneficiaba a Francia, por lo que el Primer Cónsul había sido felicitado por su astucia.

—Así es -contestó el Conde—. Si los franceses siguen el ejemplo de su Jefe, nos darán la bienvenida como ingleses que somos; sin importar lo que piensen de sus propios Aristócratas.

—Todavía no puedo creer ... que papá y mamá, que eran tan queridos por todos— dijo Lynetta en voz baja—, hayan sido... ¡asesinados!

—Eso es algo que usted debe tratar de olvidar— dijo el Conde con gentileza—. Lo que tiene que hacer ahora, Lynne, es iniciar una nueva vida y olvidar los horrores del pasado.

—Comprendo lo que quiere decir— contestó ella—, y aunque me será... imposible... olvidar, trataré de... portarme de tal forma , que papá se sintiera orgulloso de mí , si viviera.

Había sido tan sencilla la forma en que dijo eso que al Conde le pareció muy conmovedor.

Después de una pausa, afirmó con un tono muy diferente de voz:

—Me temo que voy a tener que solicitar su ayuda para encontrar a la familia de mi madre, cuando lleguemos a Inglaterra.

—Usted no me ha dicho todavía cómo se apellidan— contestó el Conde.

—Ford -murmuró Lynetta—. Mi abuelo era Lord Beckford, pero estoy segura de que a estas alturas debe haber muerto ya.

—Si tenía un Hijo, él debe haber heredado el título.

—¿Dónde estaba ubicado el hogar de su madre?

—En Leicestershire. Mamá conoció a papá cuando él era un joven muy interesado por los caballos. Fue invitado por un inglés a inspeccionar su caballeriza.

El Conde escuchaba con mucha atención. Él conocía a mucha gente que vivía en Leicestershire.

Él mismo había estado allí con frecuencia y estaba tratando de recordar si había conocido a alguien apellidado Ford.

—Papá era un maravilloso jinete— continuó diciendo Lynetta y debido a que todos le admiraban, Mamá había oído hablar mucho de él incluso antes de que se conocieran.

—¿Qué sucedió cuando se conocieron?— preguntó el Conde.

—Fue muy romántico... ¡se enamoraron a primera vista!

—Lo que me extraña es que su padre no se hubiera casado ya.

—Cuando tenía diecinueve años, los padres de papá habían empezado las conversaciones con los padres de una rica heredera, que vivía en el sur de Marigny, la posibilidad de que sus hijos se casaran.

—¿Y qué sucedió entonces?

—La familia de mamá no quería que ella se casara con un francés. Durante mucho tiempo todos creyeron que su padre nunca daría su consentimiento para que se casara con papá.

-¿Y qué decían los padres de él?

—Creo que tampoco aprobaban la unión. Pero mamá tenía una dote considerable y prometió convertirse al Catolicismo para casarse con papá.

—Me imagino que eso facilitó bastante las cosas.

—Tuvieron que esperar casi dos años, mientras las familias de ambos se aferraban a la esperanza de que cambiaran de opinión; pero eso sólo hizo que se amaran todavía más.

—¿No tuvo usted hermanos?

—No, según me contaron, después de que yo naciera, mamá estuvo muy enferma y el médico dijo que no podría tener más hijos. ¡Para papá fue una tragedia!

Lynetta guardó silencio un momento, antes de decir:

—Dios sabía bien que eso era lo mejor. Si hubieran tenido un hijo, él…también habría sido… guillotinado.

—Eso es algo en lo que usted no debe pensar ya— dijo el Conde con severidad.

—Lo siento.

Se recostó en el respaldo acojinado del asiento, como si estuviera cansada, y el Conde emitió una exclamación.

—¡Se me había olvidado!— dijo—. Hunt me ha entregado unos emparedados de paté para usted, porque estaba seguro de que no habría tenido mucho tiempo de comer.

Se inclinó para buscar la caja de la comida. Dentro estaban los emparedados y además, media botella de champán. Aunque Lynetta aseguró que no quería nada, el Conde insistió en que se bebiera medio vaso. El Conde bebió parte de lo que quedaba.

—No quiero que se desmaye usted en mis brazos antes de que lleguemos a París— dijo.

—Estoy demasiado emocionada para hacer eso.

El Conde vio que sólo comía dos emparedados. Comprendió que debido a su situación, se había acostumbrado a comer muy poco.

—Si quiere complacerme— dijo el Conde—, debe hacer un esfuerzo por comer más.

—Creo, Señoría, que usted me está diciendo que no le gustan las mujeres delgadas.

—No he dicho tal cosa— protestó el Conde—. Pero usted debe darse cuenta de que está demasiado delgada para la moda actual.

—¡Eso no me importaba, cuando sólo la Señorita Bernier me veía de día, y los murciélagos de noche!

El Conde se echó a reír.

—Ahora va a descubrir que hay muchos Caballeros dispuestos a admirarla y halagarla. Y muchas mujeres le dirán que quisieran tener su figura.

—¿Las inglesas quieren ser delgadas?

—Es algo que encuentran esencial para lucir los nuevos vestidos que, ahora que las hostilidades han cesado, han empezado a llegar de Francia.

—¿Quiere decir que a las inglesas les gusta comprar vestidos franceses?

—Tal vez haya habido una Revolución y no hay duda de que hemos estado en Guerra, pero lo que más preocupa siempre a las mujeres , es la ropa.

Se echó a reír antes de continuar:

—¡No podían adquirir la seda francesa de Lyon, ni las cintas de satén que me aseguran son esenciales para sus sombreros!

El habló de una manera tan divertida, que Lynetta se echó a reír. Luego lo miró de una forma que a él le pareció muy conmovedora, y dijo:

—¡Sería maravilloso tener un vestido nuevo! La Señorita Bernier y yo hemos hecho la ropa que tengo, pero no creo que nadie la describiera como... elegante.

—Mañana— le prometió el Conde-, tendré para usted los vestidos más elegantes que haya disponibles.

Lynetta unió las manos y sus ojos se iluminaron.

El Conde se dijo a sí mismo que de una cosa podía estar seguro: cuando llevara a Lynetta a Inglaterra, tendría un éxito social inmediato.

Sospechaba que iba a convertirse en una *"Incomparable"* y se preguntó si Elaine se pondría celosa.

Entonces comprendió que lo mejor sería que nadie se diera cuenta de que él había sacado a Lynetta de Francia.

«Yo localizaré a su familia», pensó. «No debe ser difícil. Si todavía son ricos e importantes, ellos se encargarán de presentarla en Sociedad. Una vez hecho eso, no tardará en encontrar esposo»

Mientras continuaban su recorrido, iba pensando que cuanto menos gente vieran en París, mejor.

Los muebles podrían ser recogidos a la mañana siguiente. Daguerre se encargaría de eso y de hacerlos llevar inmediatamente a Calais.

Se daba cuenta de que eso requeriría cierta cantidad de tiempo. Iba debatiendo consigo mismo, por lo tanto, si no sería mejor que él y Lynetta salieran de París en el acto.

El *León Marino* podía llevarlos a través del Canal y después volver por los muebles.

Al mismo tiempo, estaba seguro de que sería más conveniente que él mismo comprobara que los muebles eran subidos a bordo del yate. Sabía muy bien que ni el Capitán, ni la tripulación hablaban francés. Como los conductores de las carretas no hablaban inglés, podía haber serios problemas de comunicación.

Todavía estaba pensando en lo que podría hacer, cuando llegaron a París.

Notó que Lynetta, que había estado muy callada y casi dormida el trayecto final del viaje, se había puesto alerta de pronto. Miraba por la ventana con una gran emoción.

—¡Ya había olvidado lo grande que es París!— dijo asombrada.

—Cuando se está creciendo y se ha estado lejos de un lugar mucho tiempo— explicó el Conde-, siempre parece mucho más grande, o mucho más pequeño de lo que uno recordaba.

—Estoy segura de que eso es verdad— contestó Lynetta—, ¡a mí me parece muy grande y, también, muy aterrador!

—Quiero que me prometa que no se sentirá demasiado asustada— dijo el Conde con voz suave—. Eso se notaría en sus ojos.

Lynetta lanzó una leve exclamación.

—¿Quiere decir que la gente lo consideraría extraño y tal vez hiciera investigaciones sobre mí?

—Creo que muchas personas harán preguntas sobre usted -contestó el Conde-, porque es muy atractiva. Pero considerarían extraño que esté usted asustada.

—¿No sería mejor que me pusiera gafas?— sugirió Lynetta.

El Conde se echó a reír.

—Eso sería un error. Lo que tiene que hacer es pensar en cosas agradables. Su felicidad se reflejará en sus ojos.

—Haré lo que usted me dice— murmuró Lynetta con humildad.

El carruaje se detuvo ante la casa donde el Conde se hospedaba. No había criados en la puerta. Hunt tuvo que abrirla para que Lynetta y el Conde subieran la escalera a toda prisa sin que nadie los viera.

El Conde había alquilado todo el primer piso, que consistía en un salón para recibir, un Comedor y cuatro dormitorios.

El Conde ocupaba uno y Hunt otro, lo cual dejaba a Lynetta dos entre los cuales elegir

Ella prefirió el más cercano al dormitorio del Conde.

El Conde comprendió de forma perceptiva, sin necesidad de que ella lo dijera, que tenía miedo de estar sola. Si algo la asustaba, ella podría llamarlo, o correr a buscar su protección.

Le divirtió encontrarse en la posición de ser una torre de fortaleza contra adversarios desconocidos. Era una posición en la que nunca había estado.

La mayor parte de las mujeres aseguraban que debían protegerlas de él, aunque al mismo tiempo hacían todo lo posible por no escapar de sus brazos, ni de sus besos.

Comprendió que Lynetta no le veía como a un hombre. Para ella era una criatura parecida a un Dios, que la estaba salvando de la destrucción y de las malas intenciones de un asesino.

Estaba mirando a su alrededor con expresión emocionada, cuando Hunt se reunió con ellos y preguntó:

—¿Desea usted algo más, Señoría? Supongo que querrá cenar temprano.

—Lo más importante— contestó el Conde—, es que encuentres ropa que la señorita pueda ponerse.

—Ya lo había pensado, Señoría— contestó Hunt—. Ya he averiguado de la forma más discreta posible, los nombres de las mejores tiendas y me han asegurado que están abiertas toda la noche, si es necesario, para atender a un buen parroquiano.

El Conde sonrió.

—Entonces, ¿qué esperas?

—Le he dicho al Cochero que era posible que Su Señoría lo necesitara todavía— dijo Hunt con una sonrisa—. Además, está esperando su propina, como comprenderá Su Señoría.

El Conde sacó su bolsa de dinero del bolsillo y se la entregó a su ayuda de cámara.

—Gasta lo que sea necesario— dijo—, y trae a una buena costurera contigo.

—Le traeré a Su Señoría primero una botella de champán— dijo Hunt—. Por lo que he oído, los franceses están cobrando tanto por la ropa que hacen, que Su Señoría va a necesitarla.

El Conde sonrió.

La impertinencia de Hunt era algo que jamás habría tolerado a ningún otro Criado; pero aquel hombre llevaba muchos años con él y le era indispensable. Nada turbaba o alteraba a Hunt. Se disponía a resolver cualquier emergencia con un entusiasmo que era contagioso.

El Conde sabía que había disfrutado sacando a Lynetta del Castillo enrollada en una alfombra y si surgían más dificultades él estaría encantado de ayudar a resolverlas.

Hunt abrió la botella de champán, la dejó en una mesa y desapareció. Sólo después de que el hombre hubo salido, el Conde calculó que, como quedaban por lo menos tres horas antes de la cena, Lynetta debía comer algo.

Hizo sonar la campanilla y después de una prolongada espera, una criada malhumorada contestó a su llamada.

—Quiero que me traiga unos *croissants* recientes, mantequilla, miel y fruta— ordenó el Conde.

—Están empezando a preparar la cena abajo— dijo la muchacha con tono de disgusto.

—Tráigame lo que he ordenado— insistió el Conde—, y lo antes posible.

La muchacha se marchó con evidente indignación.

El Conde pensó que la Revolución ciertamente no había mejorado los modales de los criados franceses.

Se preguntó cuánto tiempo pasaría antes de que las cosas volvieran a la normalidad.

Él había oído que el Primer Cónsul vivía con considerable elegancia.

Casi como si hubiera conjurado a Napoleón Bonaparte, unos minutos más tarde, cuando el Conde ya estaba solo, con una copa de champán en la mano, la puerta se abrió.

Era el dueño del Hotel.

—Alguien le busca, Señor, de parte del General Bonaparte. El Conde levantó la mirada, sorprendido, y vio que entraba en el salón un hombre vestido con el uniforme de Coronel.

El recién llegado hizo un saludo militar y dijo:

—Soy el Coronel Réal, a sus órdenes. Tengo entendido, señor, que usted es el Conde de Charncliffe.

—¡Así es!

—Entonces, permítame darle la bienvenida a París, en nombre del General Bonaparte, quien se acaba de enterar de su llegada.

—¿Tiene la bondad de sentarse?— dijo el Conde—, señalando una silla—. ¿Le apetece una copa de champán?

El Coronel aceptó y luego dijo:

—El General está muy apenado porque ha llegado usted a París y nadie le ha informado. El habría hecho lo necesario para que tuviera mejores habitaciones de las que tiene en estos momentos. Miró con desdén a su alrededor.

El Conde vio que había notado el polvo que había sobre la repisa de la chimenea, que los instrumentos de la chimenea necesitaban pulirse y que la alfombra no había sido cepillada.

—Lo que el General sugiere— continuó el Coronel—, es que acepte usted, señor, ser su huésped en el Palacio de las Tullerías.

El Conde se sintió tan asombrado que, por un momento, no supo qué contestar y antes de que pudiera hacerlo, se abrió la puerta y entró Lynetta.

Se había aseado, peinado y colocado sobre sus hombros la pañoleta de gasa rosa con la que se había cubierto la cabeza. Esto disimulaba el estado de su vestido que se había arrugado considerablemente en el viaje.

Además, como el Conde sabía muy bien, era anticuado y de tela corriente.

El Coronel se puso de pie y al ver que Lynetta titubeaba como si se estuviera preguntando qué debía hacer, dijo:

—Yo no sabía, ni el Primer Cónsul lo sabe tampoco, señor, que había usted traído a su esposa, pero estoy seguro de que la Señora se encontraría mucho más cómoda en el Palacio.

El Conde contuvo la respiración.

Entonces, con esa rapidez que sus amigos siempre habían admirado, dijo en inglés a Lynetta:

—Permíteme presentarte, querida mía, al Coronel Réal, quien ha venido de parte del Primer Cónsul, el General Bonaparte, para sugerir que nos hospedemos en el Palacio de las Tullerías con él, y no en estas incómodas habitaciones.

Habló con lentitud con el fin de dar a Lynetta tiempo para que comprendiera la confusión que se había producido.

Se dio cuenta de que ella estaba tratando de adivinar, por medio de su expresión, lo que él pensaba. Casi sin detenerse, contestó:

—¡Me parece una... idea estupenda!

—Sabía que dirías eso!— exclamó el Conde.

Se volvió hacia el Coronel y dijo en francés;

—Mi esposa está de acuerdo conmigo en que es muy amable por parte del Primer Cónsul ofrecernos su hospitalidad, por supuesto, que aceptamos con mucho gusto.

—Yo sé que el General se sentirá muy satisfecho— contestó el Coronel Réal.

—Hay sólo una dificultad— continuó el Conde.

—¿Cuál es?

—Es posible que lleguemos un poco tarde. Mi esposa, por desgracia, perdió su equipaje en el viaje hacia aquí.

—¡Eso es una verdadera tragedia!— exclamó el Coronel.

—Mi Criado está en este momento tratando de conseguirle algunos vestidos— explicó el Conde—. Cuando haya vuelto, iremos al Palacio. Pero será después de la cena.

—Eso no importa— contestó el Coronel Réal—. El General y su esposa, la Señora Bonaparte, van a tener muy pocos invitados a cenar esta noche. Estoy seguro de que el General estará encantado si usted y su esposa se reúnen con nosotros tan pronto como les sea posible.

—Gracias— dijo el Conde—. Por favor, exprese mi sincera gratitud al Primer Cónsul.

—Descuide— contestó el Coronel Réal—. Los carruajes vendrán a buscarlos a las nueve en punto.

Terminó su copa de Champán, hizo una respetuosa inclinación de cabeza ante el Conde y besó la mano de Lynetta antes de salir de la habitación.

Sólo cuando oyó sus pasos alejarse, Lynetta preguntó con voz asustada:

—¿Qué vamos a hacer ahora?

—Hospedarnos en el Palacio de las Tullerías -contestó el Conde.

—¿Cómo podemos hacer eso? ¿Y qué dirán de mí?

—El Primer Cónsul creerá que usted es mi esposa— contestó el Conde—.

Debido a la Guerra, los franceses han perdido todo contacto con la alta sociedad Británica desde hace varios años. No es probable que alguien de aquí sepa que sigo soltero.

Se quedó pensando por un momento antes de añadir:

—Si nos presionan, siempre podemos decir que nos casamos poco antes de salir de Inglaterra y que estamos aquí de luna de miel. Apretó los labios un poco al concluir:

—¡Desde luego, estamos aquí, comprando muebles franceses para nuestra casa!

—¡Es peligroso, yo sé que es muy peligroso!— exclamó Lynetta.

—No podemos hacer otra cosa. ¡Sería un insulto decir que preferimos quedarnos en esta casa, sucia y mal administrada, a aceptar la hospitalidad del hombre más importante de Francia!

Volvió a llenar su copa de Champán antes de añadir:

—En realidad, tengo interés en conocer a Bonaparte.

—¿No podría usted dejarme aquí?— preguntó Lynetta.

—Eso sería una tontería— dijo el Conde con voz aguda.

—¿Por qué?

—Primero, porque Napoleón pensaría que no es usted mi esposa y que está a mi lado en una situación muy diferente.

Se dio cuenta de que Lynetta no comprendía lo que quería decir.

—En segundo— continuó el Conde con rapidez—, se encontraría en el acto bajo sospecha de toda la servidumbre que trabaja aquí en el servicio.

—¿Cree usted que… me … denunciarían?

—Uno nunca sabe si llegan a sospechar que es francesa y no inglesa.

Lynetta lanzó un leve grito de horror. Se acercó más al Conde y murmuró:

―Comprendo, pero ,... ¿me ayudará... usted?¡Prométame que... me ayudará,... que no me permitirá hacer... nada equivocado!

―Yo cuidaré de usted― dijo el Conde―. ¡Lo único que tiene que hacer es estar hermosa y aparentar ser una inglesa complaciente, un poco tonta, que cree que su marido es maravilloso!

―¡Eso será... fácil!

El Conde comprendió que eso era un cumplido para él y se reafirmó en su propósito de no permitir que Lynetta se diera cuenta de que, en realidad, estaba muy preocupado. Comprendía que no podía hacer otra cosa, dadas las circunstancias, que aceptar la invitación de Napoleón Bonaparte. Al mismo tiempo, siempre era peligroso hacer pasar a una mujer por su esposa, cuando apenas se conocían.

Si, cuando el Coronel le había hecho la invitación, él hubiera dicho que prefería quedarse donde estaba, hubiera dado lugar a muchas especulaciones. Había siempre el riesgo de que alguien, y ése tenía que ser, desde luego Ségar, reconociera a Lynetta como la hija del Conde de Marigny.

―¿Se parece usted a su madre?― le preguntó con brusquedad.

―Mamá era muy hermosa― contestó Lynetta― , pero mi pelo es como el de ella, al igual que mis ojos.

«Eso contesta mi pregunta», pensó el Conde.

Sabía, por lo tanto, que había hecho lo único que era posible hacer en esas circunstancias.

Fue un alivio cuando, bastante tiempo después, Hunt volvió en el carruaje acompañado de una Costurera muy inteligente y muy parlanchina.

Mientras esperaban, el Conde había ordenado a Lynetta que se fuera a descansar.

Temía que, después de la excitación de la fuga y el viaje, se desmayara en cualquier momento. Le había aconsejado que se fuera a la cama y ella le había obedecido.

Después de hablar con la Costurera no le sorprendió, al entrar en la habitación, encontrar a Lynetta profundamente dormida. Antes de ir a despertarla, pidió a la mujer que le enseñara todo lo que había llevado.

Había visto que había dos o tres vestidos de noche, muy bonitos, que sin duda alguno le quedaría bien a Lynetta, y dos más que podía comprarle para que se los pusiera durante el día.

Hunt había sido lo bastante sensato como para recordar que, como había dejado todo en el Castillo, Lynetta necesitaría un camisón y una bata.

El Conde se llevó estas prendas con él cuando entró en la habitación de Lynetta. Deliberadamente, no había pedido a la Costurera que le acompañara. Pensó que si Lynetta estaba dormida podía hablar en francés y no en inglés.

Adivinó que debía haber cerrado las cortinas para que la luz del día no le impidiera descansar.

Él las descorrió, pero comprendió que Lynetta estaba todavía profundamente dormida. Parecía muy joven, casi una niña, debido a que estaba completamente relajada.

Tenía la cabeza vuelta un poco de lado en la almohada. Su cabello, que era mucho más largo de lo que el Conde creía, le caía sobre los hombros.

Comprendió que, debido a que no tenía camisón, debía estar desnuda bajo las sábanas. Se le ocurrió que su cuerpo debía ser muy hermoso, con pequeños senos muy erectos.

Debido a que estaba muy delgada, debía de tener una cintura muy pequeña. De repente se dijo a sí mismo, con severidad, que no debía pensar en ella como mujer. Tenía que concentrarse en la tarea de convertirla en una esposa inglesa aceptable.

Como no quería levantar la voz, se acercó a ella y pronunció su nombre en voz baja:

—¡Lynetta!

Ella se estremeció, abrió los ojos y le miró.

Mientras hablaba, el Conde pensó lo fácil que sería inclinarse un poco más sobre ella y besarla. Estaba seguro de que sus labios, que él sabía que ningún otro hombre había tocado nunca, debían ser muy suaves e inocentes.

Entonces dijo, con un tono casi agudo:

—¡La Costurera está aquí!

Lynetta intentó incorporarse; entonces recordó que estaba desnuda.

Justo a tiempo cogió la sábana y se cubrió con ella los senos. El Conde dijo:

—Le he traído una bata y un camisón. Le he explicado ya a la costurera que hemos perdido todo lo que usted poseía.

Después de darle unos minutos para cubrirse, ordenó a la costurera que entrara.

***

Ya en el salón, el Conde dijo a Hunt:

-Guarda todas mis cosas. Nos vamos de aquí.

-¿Nos vamos, Señoría? -preguntó Hunt-. ¿A Inglaterra?

-No, al Palacio de las Tullerías. ¡Vamos a hospedarnos con el Primer Cónsul, el General Bonaparte!

-¡Caramba! -exclamó el Ayuda de Cámara-. ¡Esta vida está llena de sorpresas!

Capítulo 4

LA COSTURERA había llevado a una Ayudante, porque sola no hubiera podido transportar tantas cajas.

El Conde llevaba sentado sólo unos minutos leyendo el periódico, cuando la puerta se abrió.

Lynetta entró en la habitación.

Vio que estaba muy diferente con uno de los vestidos nuevos. El estilo que había sido introducido en Francia por la señora Bonaparte, apenas acababa de llegar a Inglaterra.

Había sido el año anterior, según el Conde iba a saber más tarde, cuando Josefina Bonaparte había empezado a usar telas opacas. Estas eran cortadas con un estilo muy original que en pocos meses se convirtió en el último grito de la moda.

Sus vestidos tenían el talle muy alto, las mangas cortas abombadas y la falda recta de tal manera que la figura quedaba sugerida más que resaltada.

Era ciertamente, pensó el Conde al mirar a Lynetta, una moda que favorecía mucho a una muchacha tan joven y tan hermosa como ella.

La costurera le había puesto un vestido de gasa verde suave. Era del color de los brotes de la primavera y las mangas abombadas estaban adornadas con pequeños capullos y hojas.

Se veía, pensó él, como Perséfone al volver al mundo después de la oscuridad del invierno.

Entonces se dijo a sí mismo que el actuar como un poeta no era nada característico de él. Comprendió que ella le miraba esperando su veredicto.

—¡Encantador!— dijo—. Quédese con él y póngaselo esta noche. Cómprese varios vestidos para el día y por lo menos tres o cuatro para la noche.

El pensó que ella iba a discutir; pero cambió de opinión y desapareció.

Él sonrió.

Por lo que él sabía de las mujeres, estaba seguro de que Lynetta disfrutaría luciendo esa ropa.

Él había pensado que Lynetta podía hacer por sí misma la elección de lo demás; pero volvió unos minutos más tarde con otro vestido tan bonito como el verde. Había un tercero, de tela plateada, que la hacía parecer un rayo de luna.

Por fin, cuando comprendió que Lynetta era demasiado tímida para elegir algo sin su aprobación, el Conde envió por la Costurera.

—Creo que tenemos suficiente para que mi esposa pueda vestirse hoy y mañana -dijo-. Después, tal vez necesitemos más, pero traiga los demás al Palacio de las Tullerías.

Vio la excitación reflejada en la cara de la mujer.

Él sabía que entrar en el Palacio de las Tullerías podía significar ser presentada a la Señora Bonaparte.

—Procure que mi esposa tenga todo lo que necesite— continuó el Conde—, porque no hay modo de saber cuándo aparecerá su equipaje.

Tartamudeando de emoción, la costurera le presentó la cuenta. No era, pensó el Conde, tan elevada como él esperaba, considerando las molestias que se había tomado.

Él sabía muy bien que la Revolución había sido una tragedia para las grandes casas de modas, cuya clientela era la Aristocracia.

La Revolución había supuesto un verdadero desastre para modistas, peinadoras, joyeros, orfebres y constructores de carruajes. Había decenas de miles de criados sin trabajo, ya que sólo una pequeña minoría había seguido a sus Amos en el exilio.

Muchos de los que se quedaban eran boicoteados con frecuencia por las sociedades populares, que los consideraban como portadores de la temible plaga de la Aristocracia.

El Conde recordó que había oído decir que todos los pintores habían perdido a sus protectores y que los dueños de los Teatros se habían visto obligados a cambiar su repertorio.

Tal vez las únicas excepciones eran las casas de juego, que habían cerrado sus puertas, pero no por mucho tiempo, porque a los revolucionarios les gustaba jugar.

Una vez que pagó a la costurera, el Conde supo por ella, que Lynetta se estaba dando un baño.

Él fue a su propio cuarto y se encontró con que, como esperaba, su propio baño ya estaba listo.

Dejó en el agua todo el polvo del camino.

Sin embargo, su mente estaba ocupada pensando si sería muy peligroso hospedarse en las Tullerías con su supuesta esposa.

Se había visto obligado a actuar siguiendo el impulso del momento. Sabía que no podía haber hecho otra cosa. Rechazar la invitación del Primer Cónsul , habría sido un insulto para éste.

No podía llegar con una hermosa joven a su lado, a menos que quisiera hacerla pasar por su amante. No podía ir solo y dejar a Lynetta sin protección y aterrorizada en la casa donde estaban hospedados.

«He hecho lo único que era posible», se dijo a sí mismo, para tranquilizarse.

Comprendió que debía preparar a Lynetta con mucho cuidado para que no cometiera errores.

Hunt le ayudó a ponerse su traje de etiqueta, con medias de seda y pantalones de satén hasta la rodilla. Debido a que iba a cenar con el Primer Cónsul, se puso tres de sus condecoraciones más espectaculares.

Esperó a Lynetta en el salón.

Cuando entró, vestida con el nuevo vestido verde, pensó que cualquier hombre se sentiría orgulloso de llamarla su esposa. Avanzó con lentitud hacia él, con una estola que hacía juego con el vestido sobre los brazos.

Le miró con ansiedad.

Sobre la cabeza llevaba una guirnalda de pequeñas flores semejantes a las de las mangas. Eso evitaba que la gente se diera cuenta de que su pelo no había sido arreglado por un peluquero elegante.

—¿Qué tal estoy?— preguntó Lynetta, al notar que el Conde no decía nada.

—¡Estás preciosa, Lynne!— dijo él, tuteándola por primera vez—. ¡Y estoy seguro de que muchos franceses te lo dirán de una forma más elocuente que yo!

Él habló con tono de broma y pensó que Lynetta se echaría a reír. En cambio, ella dijo con nerviosismo:

—¿Se da usted cuenta de que, debido a la Revolución, papá y mamá no dieron fiestas en varios años y yo nunca he asistido a una?

—Entonces, será una nueva experiencia— dijo el Conde—, y no debes sentirse asustada.

Como comprendió que eso era imposible, añadió.

—No te preocupes. Los franceses piensan que los ingleses no tenemos ningún refinamiento y que de ninguna manera somos tan elegantes como ellos.

Sus ojos brillaban alegremente al continuar:

—Ellos esperan que tú seas torpe, tosca y sin el refinamiento necesario para disfrutar del arte de la conversación. Así que cualquier cosa diferente los sorprendería.

Lynetta sonrió.

—Se muestra usted muy despreciativo con los ingleses.

—¡Yo, desde luego, no estoy de acuerdo con nada de eso!— dijo el Conde—. Sólo te estoy diciendo lo que tus ancestros franceses pensarían.

—¡Mis ancestros, si vivieran —dijo Lynetta con inesperada dignidad—, no se preocuparían por la opinión de un simple *Cabo Corso*!

El Conde se echó a reír. Su risa fue un sonido lleno de espontaneidad.

Luego dijo:

—¡Por lo que más quieras, ten cuidado! ¡Si hablas así, nos llevarán a la Bastilla!

Estaba bromeando, pero Lynetta palideció.

—Lo siento— murmuró—, es que yo...

—Lo sé— la interrumpió el Conde—, pero recuerda que eres inglesa y aunque todavía desconfías un poco de los franceses, que hasta fecha muy reciente han sido nuestro enemigos, te alegras de que la Guerra haya terminado.

—Sí, desde luego— dijo Lynetta con humildad—, y le prometo que hablaré lo menos posible.

—Eso me parece muy sensato— reconoció el Conde.

Hunt les llevó la cena. Había supervisado su preparación final en la cocina y era mejor de lo que el Conde esperaba. Comprendía que Lynetta debía estar muy hambrienta, y que debía ir compensando poco a poco las privaciones que había sufrido durante tanto tiempo. Sin embargo, sabía que no podría comer demasiado, hasta que su estómago se acostumbrara.

Cuando Hunt les llevó el primer plato y salió para ir abajo por el siguiente, el Conde dijo en voz baja:

—Antes de que sigamos adelante, creo que deberías contarme algo de tu vida, para conocer lo más posible sobre tu pasado. Después lo olvidaremos.

Lynetta le miró y dijo:

—Papá siempre fue feliz viviendo en el campo con sus caballos. Cuando se casó con Mamá, casi nunca venían a París.

Emitió un leve suspiro mientras continuaba diciendo:

—El Castillo me pareció siempre un lugar lleno de sol y de dicha. Había niños de mi edad con quienes jugar, amigos que vivían cerca de nosotros y parientes que llegaban a hospedarse con frecuencia.

Sus ojos se oscurecieron al decir:

—Cuando empezó el Terror, casi no podíamos creer que los informes que oíamos, procedentes de París, pudieran ser ciertos. Aunque papá estaba un poco preocupado, pensaba que como nuestro pueblo era tan pequeño, tan insignificante, nadie se acordaría de nosotros.

—¿Y así fue? -preguntó el Conde.

—Sí, pero como precaución, aunque creía que no iba a ser necesario nunca, me reveló el secreto del pasaje escondido.

—¿Nadie más conocía su existencia?

—¡Nadie! Papá dijo que si hubiera tenido un hijo, me habrían tenido a mí en la ignorancia de su secreto.

—¿Para qué fue hecho?— preguntó el Conde.

Para su sorpresa, Lynetta no contestó inmediatamente.

Sus mejillas se tiñeron de rojo y miró hacia otro lado, llena de timidez, antes de decir con una vocecita titubeante:

—Tal vez le escandalice saberlo.

El Conde torció los labios pensando que era muy poco probable que algo que pudiera decir Lynetta le escandalizara.

En voz baja y tranquila, insistió:

—Me gustaría conocer la historia.

—Mi Bisabuelo, que construyó el Castillo, era muy desgraciado en su matrimonio— dijo Lynetta—. Por lo tanto, él vivía en un lado de la casa y su esposa en el otro.

Se detuvo y el color de sus mejillas se hizo más intenso, mientras decía en un murmullo:

—Él construyó el pasaje para una señora a la que amaba.

—Comprendo— dijo el Conde.

Decidió que el Conde de Marigny, había encontrado la forma de obtener la distracción que necesitaba, sin mucho esfuerzo por su parte.

—Cuando la señorita Bernier llegó a darme clases— continuó Lynetta—, papá le dio la casita que mi bisabuelo había construido para la mujer amada. Desde luego, ella no conocía la existencia del pasaje que comunicaba su casita con el Castillo, hasta que yo me vi obligada a usarlo.

—¿Cómo sucedió eso?— preguntó el Conde.

—Cuando el terror parecía haber concluido, creímos que ya no necesitábamos tener miedo y que pronto todo volvería a la normalidad.

El Conde vio el dolor reflejado en sus ojos cuando ella siguió diciendo:

—Entonces un día uno... de nuestros criados más leales a papá y mamá... llegó corriendo al comedor para decir ... que Jacques Ségar avanzaba hacia el Castillo con una horda de hombres rudos...

—¡Debió ser horrible!— exclamó el Conde.

—Estábamos terminando de cenar— continuó Lynetta—. Papá se levantó de la mesa de un salto y nos ordenó a mi madre y a mí, que nos escondiéramos en el pasaje secreto.

Pero mamá le contestó que nunca le abandonaría y que si él iba a morir, ella moriría también.

La voz de Lynetta se quebró. El Conde esperó a que ella se repusiera y continuara, porque comprendió que necesitaba saber el resto de la historia.

—Yo me quedé esperando en el umbral— dijo Lynette después de un momento— y papá me gritó que hiciera lo que me había dicho.

—Así que te escondiste en el pasaje— dijo el Conde—. ¿Qué sucedió después?

—Esperé mucho tiempo. Oí los gritos, las voces roncas y el sonido de las ventanas que eran rotas a pedradas... Después...

Su voz tembló, pero continuó diciendo:

—Más tarde supe que papá se había enfrentado a ellos, desafiante, y que los hombres se los llevaron a él y a mamá. Fueron guillotinados una semana más tarde, no en París, sino en un pueblo que está a sólo unas cuantas millas del Castillo.

—¿Y qué hiciste tú?— preguntó el Conde.

—Mucho tiempo más tarde, fui por el pasaje a la casita de la señorita Bernier. Ella había estado demasiado asustada para salir, cuando oyó los gritos de Ségar y sus seguidores.

—¡Debió alegrarse mucho de verte!

—¡Fue maravillosa conmigo— dijo Lynetta—. Por fortuna, papá no había recogido el dinero que guardó en el pasaje cuando empezó el terror.

—Así que tenías algo de dinero.

—Duró hasta fines del año pasado. Entonces, cuando la señorita Bernier supo que Jacques Ségar intentaba rematar el contenido de la casa, se llevó del Castillo varios objetos de arte, como piezas de porcelana y miniaturas.

Emitió un profundo suspiro antes de continuar.

—La gente del pueblo, se las compraba cuando ella iba en busca de comestibles. Debido a que tenía que hacerlo en secreto y de noche, le pagaban muy poco por ellos. Por algunas cosas sólo le daban comida a cambio.

—¡Así que has pasado hambre!

—¡Ahora ya no siento que tengo un agujero en medio de mi cuerpo!— contestó Lynetta.

El sonrió.

—Es algo que jamás volverás a sentir, ¡te lo prometo!

La miró durante largo rato y luego añadió:

—También espero no volver a ver el temor reflejado en tus ojos, como sucedió cuando me viste por primera vez.

—Estaba asustada— contestó Lynetta—. Pensé que tal vez la señorita Bernier había cometido un error y que usted me delataría a Ségar.

—Espero que no hayas tardado mucho en darte cuenta de que yo jamás habría hecho una cosa así...

—¡Usted ha sido tan maravilloso! Pero ahora... tengo miedo de ir a las... Tullerías.

—Lo entiendo. Al mismo tiempo, debes darte cuenta de que estarás allí más segura que en cualquier otra parte. ¡Ségar no puede amenazarte mientras seas huésped del Primer Cónsul!

—¿Y si se dan cuenta de que yo no soy su esposa?— preguntó Lynetta con una vocecita muy tímida.

—He pensado en una historia y tú puedes decirme si le encuentras algún

defecto— contestó el Conde.

Lynetta unió las manos y sus ojos se clavaron en la cara del Conde, mientras éste empezaba a decir:

—Nos casamos poco antes de salir de Inglaterra. Debido a que estuviste enferma, lo cual explica que estés tan delgada, la ceremonia fue muy íntima. Después iniciamos nuestra luna de miel.

Le pareció que Lynetta estaba un poco turbada y continuó diciendo:

—Por desgracia, cuando tu equipaje estaba siendo descargado de mi yate, tu baúl más grande cayó al agua. En la conmoción que siguió, tus otros baúles, que debían haber sido sacados de tu camarote, se olvidaron. Por lo tanto, no traías más que lo puesto cuando llegamos a París.

—Esto último es verdad— sonrió Lynetta.

—Esa será nuestra disculpa por llegar tarde al Palacio— dijo el Conde— . La señora Bonaparte lo comprenderá perfectamente.

Se detuvo y añadió:

—Estamos comprando muebles franceses, durante nuestra luna de miel, porque uno de nuestros familiares nos ha dado una considerable suma de dinero como regalo de bodas para comprarlos.

—¡Eso es muy astuto!— exclamó Lynetta—. ¡Usted ha pensado en todo!

—Eso espero -contestó el Conde—, pero debes estar lista para improvisar si te hacen preguntas difíciles.

—Usted tendrá que contestar por mí. De otro modo, podría cometer un error.

—Tú sabes bien que cuidaré de ti y te protegeré— contestó el Conde—. La gente esperará que seas tímida y callada, debido a que eres todavía muy joven.

Sonrió antes de añadir:

—¡Tal vez hubiera sido más sensato hacerte pasar por mi hija!

—Pero eso es ridículo...— empezó a protestar Lynetta y entonces comprendió que estaba bromeando con ella—. Podía haber pasado por su hermana.

—¡Eso sería muy peligroso! No tengo hermanos. Si hubiera alguna persona inglesa presente le sería fácil acusarme de mentiroso.

¡Sabía que sería acusado de engañar al Primer Cónsul, haciendo pasar por su hermana a su amante! Eso ciertamente provocaría un escándalo.

Lynetta, sin embargo, se limitó a decir:

—Claro que comprendo y me siento muy orgullosa de fingir ser su esposa, cuando usted es un hombre tan... importante.

—Lo que tenemos que hacer es asegurarnos de que todos nos crean. Y después, trataremos de irnos tan pronto como sea posible.

—¡Sí, por favor!— suplicó Lynetta.

Hunt llevó el café y el Conde dijo:

—Creo que los carruajes no tardarán en llegar. Como ya te he dicho, Hunt, la señorita Condesa va a fingir ser mi esposa mientras permanezcamos en el Palacio. ¡Cuantas menos preguntas contestes sobre ella, mejor!

—Déjelo todo en mis manos, Señoría— dijo Hunt—. Yo puedo ser una tumba cuando no quiero decir nada. ¡Y como Su Señoría sabe bien, yo sólo hablo francés cuando me conviene!

El Conde sabía que eso era verdad.

Hunt sabía suficiente francés para defenderse, pero podía volverse testarudamente inglés cuando se enfrentaba a una situación que él prefería fingir que no entendía.

Gracias a sus dotes de persuasión, Hunt consiguió un baúl para la ropa de Lynetta. Cuando terminaron de cenar, guardó en él todo lo que habían comprado a la Costurera.

El Conde sabía que Bonaparte no hablaba inglés.

Le estaba diciendo a Lynetta que pronunciara algunas palabras francesas con acento inglés, y que tratara de no hablar con un francés muy parisino, cuando Hunt abrió la puerta.

—Se me acaba de ocurrir algo— dijo—, ¡y apuesto a que Su Señoría no ha pensado en ello!

—¿Qué es, Hunt?

—¡Un anillo de bodas!— contestó Hunt.

—¡Tienes toda la razón!— reconoció el Conde—. ¡Lo había olvidado!

—Creo que puedo comprarle uno a una doncella— sugirió Hunt.

—¡Espero que puedas hacerlo! Es muy importante— contestó el Conde.

Tenía el ceño fruncido.

Lynetta comprendía muy bien, al igual que Hunt, que estaba molesto consigo mismo por haber olvidado algo tan importante como un anillo de bodas. Como su ayuda de cámara bien sabía, el Conde se enorgullecía de ser muy eficiente y pensar en todos los detalles.

Hunt desapareció y Lynetta dijo, nerviosa:

—Siento mucho…causarle tantas molestias….¡Talvez…hubiera sido mejor… no haberlo molestado!

¡No digas tonterías!¿Cómo puedes decir algo tan ridículo?¡No podrías haber pasado el resto de tus días escondida en ese oscuro y horrible pasaje!

—La señorita Bernier rezaba todos los días con mucho fervor, para que llegara algún inglés al Castillo, pero no apareció ni uno solo durante la subasta.

—¡Así que yo he sido la respuesta a sus oraciones! Sería una ingratitud no aceptar la situación tal como es y sacar el mejor partido posible de ella.

—Eso es lo que estoy tratando de… hacer. Rezaré mucho…para no fallarle.

El Conde pensó que era conmovedor que ella estuviera pensando en él y no en sí misma.

Hunt volvió triunfante con un anillo de oro bastante aceptable que había comprado a una de las doncellas por dos *Luises*.

El Conde pensó que aunque podría servir para aquella noche, le compraría a Lynetta un anillo mucho mejor al día siguiente. Se le ocurrió, que como mujer casada, necesitaría tener joyas y después de pensarlo un poco, dijo:

—Creo que debemos explicar que como no traemos guardias acompañantes con nosotros, y no esperábamos ir a ninguna fiesta al llegar a París, hemos dejado tus joyas en el yate.

—Eso suena muy razonable.

—Mañana te compraré un collar— prometió el Conde—, y, desde luego, un anillo decente.

—Este está muy bien— dijo Lynetta—, contemplando el que se había puesto en el dedo anelar de su mano izquierda—, aunque me queda un poco grande.

—Démelo, señora— dijo Hunt—. Yo se lo haré más pequeño con un poco de algodón, pero procure mantener los dedos cerrados, ¡o pensarán que tiene usted un marido muy descuidado, ya que le ha regalado un anillo que no le queda bien!

El Conde pensó que Hunt estaba siendo un poco impertinente, pero no tenía sentido reprenderle.

Lynetta sonreía, porque a ella le parecía divertido todo lo que Hunt decía.

El Conde esperaba que si él no era capaz de eliminar del todo sus temores, tal vez Hunt consiguiera hacerlo.

Los carruajes procedentes del Palacio llegaron media hora más tarde. El Conde y Lynetta se subieron al principal y dejaron que Hunt se encargara de subir el equipaje al segundo carruaje y pagara la cuenta.

El Conde sabía que Bonaparte se había hecho rodear de todo tipo de comodidades. Sin embargo, jamás hubiera imaginado que viviría con la magnificencia que encontró en sus apartamentos de las Tullerías.

Parecía haber centenares de lacayos con libreas de color verde y oro, así como oficiales con resplandecientes uniformes llenos de galones de oro.

Había pajes con cadenas de oro y medallones y varios asistentes cuyo único deber parecía ser estar espléndidos.

Anduvieron por altos corredores muy iluminados, cubiertos por gruesas alfombras.

El Conde pensó divertido que hacía apenas unos meses los ingleses sólo veían a Bonaparte en las caricaturas que dibujaban de él. Era descrito como un patán sin afeitar, procedente de las profundidades de Córcega, que se dedicaba a quemar, asesinar y robar cuanto botín podía.

Ahora se había convertido en el hombre más grande de Europa y vivía rodeado con toda la pompa y el esplendor de la Realeza, mientras la mitad de las naciones del mundo le rendían pleitesía.

El asistente que estaba a cargo de ellos los condujo, a través de unas puertas dobles, hacia lo que el Conde comprendió que debía ser el Salón de Recepciones más importante.

Se dio cuenta de que Lynetta debido a que estaba asustada, se había acercado un poco más a él, tenía la sensación que ella deseaba sostenerse de su mano.

En un murmullo que sólo ella pudo oír, le dijo:

—¡Alza esa barbilla!¡Recuerda que estás preciosa!

Ella le dirigió una breve, pero radiante sonrisa.

Se oía el rumor de voces y se divisaba bastante gente gracias a la luz de los candelabros, cada uno de los cuales debía tener un centenar de velas encendidas.

—¡El honorable señor Conde de Charncliffe y la señora Condesa!— anunció el asistente.

Fue en esos momentos cuando el Conde vio por primera vez a Napoleón Bonaparte. Aunque medía sólo un metro sesenta de estatura, era de anchos hombros y sus extremidades estaban bien formadas.

Era, ciertamente, mucho más apuesto de lo que el Conde esperaba. Su piel era blanca, aunque de una palidez casi amarillenta, y su frente ancha y alta.

Lo más impresionante de él, eran sus ojos gris azuloso, penetrantes e implacables. Cuando sonreía, su expresión era inesperadamente encantadora.

—Me alegro mucho de verle, señor— dijo Bonaparte—. Sólo lamento no haber sido previamente informado de que había usted llegado a París. Ni usted, señora.

El Conde inclinó la cabeza en un saludo respetuoso. Lynetta hizo una profunda reverencia, mientras Napoleón se inclinaba brevemente.

—¡Sean ustedes bienvenidos!— continuó Bonaparte—. Espero que descubran que París tiene muchas diversiones que ofrecerles.

—Estamos encantados de estar aquí— contestó el Conde—, aunque mi esposa y yo hemos venido a París de una forma muy discreta, porque estamos de luna de miel.

—¡En su luna de miel!— exclamó Bonaparte—. Eso es algo que no me habían dicho. Desde luego, debemos celebrarlo haciendo que su visita sea memorable.

Miró hacia Josefina, que se acercaba en esos momentos a ellos, y añadió:

—¡Nunca olvidaré el éxtasis que experimenté en mi propia luna de miel!

El Conde comprendió que hablaba con sinceridad, aunque, pensó, de una forma emocionalmente exagerada.

La señora Bonaparte los saludó efusivamente. El Conde notó que había percibido con una sola mirada la belleza de Lynetta y la elegancia con la que iba vestida.

Había numerosas personas en el salón.

Al Conde le encantó conocer a hombres que sólo habían sido nombres para él en los últimos cinco años. La mayoría de ellos eran hombres inteligentes e ingeniosos.

Comprendió que, como esperaba, Lynetta estaba recibiendo muchos cumplidos. Notó que ella contestaba con una tranquila sencillez que a él le pareció perfecta.

Pensó que, tratándose de una muchacha tan joven, debía ser su sangre francesa la que le daba una serenidad que ninguna joven inglesa poseía a su edad.

Era asombroso, también, que después de haber estado escondida los últimos tres años de su vida, sin hablar con nadie más que con su vieja institutriz, lograra mostrarse tan llena de compostura. Respondía a todas las preguntas que se le hacían, sin tartamudear o sin parecer turbada.

Ya cerca de las once de la noche, los invitados que habían cenado allí empezaron a irse. Era bien sabido que a Bonaparte le gustaba irse a la cama temprano y detestaba desvelarse. A las once de la noche en punto , empezó a disolver la reunión diciendo:

—Vámonos a la cama.

Había pocos valientes que se atrevieran a pasar por alto aquella orden. Mientras se dirigían a la puerta, el

Conde pudo oírlos discutiendo entre ellos a dónde podían ir después.

Por las pocas conversaciones que había sostenido, dedujo que Paris había vuelto con rapidez a la normalidad.

Un hombre le había dicho:

—¡El Palais Royal tiene abiertas de nuevo sus puertas y los salones de juego invitan a los clientes a entrar, al igual que las prostitutas!

El Conde se echó a reír. Se daba cuenta de que a los ingleses les resultaría difícil creer con qué rapidez las cosas habían vuelto a ser como eran antes.

Cuando se marcharon los últimos invitados, el Conde descubrió que, además de ellos, sólo unos cuantos personajes distinguidos de otros países de Europa se hospedaban en las Tullerías.

—Espero que encuentren todo lo que necesiten— dijo Bonaparte-. Mañana, Su Señoría, me gustaría que asistiera usted a un desfile de mi Soldados, que tendrá lugar a las once;

—¡Será un honor para mí!— contestó el Conde.

Un asistente fue el designado por la señora Bonaparte para que los condujera a sus habitaciones.

Para sorpresa del Conde, bajaron a la planta baja, donde estaba situado el dormitorio de Josefina. Los condujeron a una magnífica habitación que, de manera evidente, había sido amueblada durante el reinado de Luis XIV. Los cuadros de Fragonard eran exquisitos y los muebles, en su mayor parte creación de Boulle, eran extraordinarios.

—¡Que pasen buena noche, señores!— dijo el asistente. Hizo una exagerada reverencia y se marchó.

Nada más quedarse solos, Lynetta lanzó un leve murmullo de alivio y preguntó:

—¿Ha salido todo bien? ¿He hecho algo mal?

—¡Has estado maravillosa!— contestó el Conde—. Para mí ha sido una experiencia realmente interesante.

Miró a su alrededor y dijo con una sonrisa:

—No podemos quejarnos de nuestras habitaciones. Supongo que Hunt debe estar esperándome en la habitación contigua. Cruzó la habitación, hacia donde había una puerta de comunicación. Lynetta le siguió.

Tal y como el Conde esperaba, Hunt ya estaba en esa habitación. Había sacado su ropa y la había colgado en un enorme armario. Había dos notables cómodas francesas que al Conde le hubiera gustado poseer. En una pared se encontraba un espejo todavía más finamente tallado que el que había comprado en el Castillo de Marigny.

—¿Está todo bien, Hunt?— preguntó.

—La verdad es que hemos mejorado notablemente de situación— contestó Hunt—. Sólo hay un problema, Señoría.

—¿Cuál es?— preguntó el Conde.

Hunt dirigió una mirada rápida a Lynetta antes de contestar:

—Sólo hay una cama.

El Conde le miró con fijeza. Luego preguntó:

—¿No has sugerido que necesitamos otra?

Hunt miró por encima de su hombro hacia la puerta.

—Lo habría hecho, pero consideré que sería un error.

—¿Por qué?— preguntó el Conde.

-Porque, Señoría, hay aquí un ayuda de cámara que hace poco trabajaba en Londres.

El Conde le miró sorprendido y él explicó:

—Vino aquí con los franceses que fueron enviados a Inglaterra a hablar con el Primer Ministro sobre cómo iban avanzando todas esas charlas sobre el Tratado de Paz.

El Conde frunció el ceño, pero comprendió lo que Hunt le estaba diciendo.

—Fue contratado, Señoría, porque es inglés y su amo piensa que le podría ser útil.

Se detuvo para que el Conde pudiera asimilar lo que estaba diciendo, antes de continuar:

—El me ha dicho que oyó hablar mucho sobre mi amo cuando estuvo en Londres y que ganó mucho dinero apostando a sus caballos en Epsom.

El Conde no le interrumpió, aunque pensó que hubiera preferido que eso no hubiera sucedido y que era, en realidad, un golpe de mala suerte.

—Ese tipo me ha confesado que no sabía que estaba usted casado— continuó diciendo Hunt—. Que en Inglaterra todos hablaban de usted como si fuera un verdadero Casanova.

El Conde apretó los labios y apareció en su cara una expresión que hizo a Hunt decir con rapidez:

—Sólo estoy contando a Su Señoría lo que ese hombre estaba diciendo.

—Continúa.

—Yo le expliqué que usted se acababa de casar— agregó Hunt—. Después de eso, resultaba difícil sugerir que ustedes necesitarían dos camas en su luna de miel.

El Conde pensó que eso, por lo menos, era lógico.

Entonces se dio cuenta de que mientras Hunt hablaba, Lynetta había vuelto al dormitorio.

Sin decir más, la siguió.

Ella estaba mirando hacia la cama y él comprendió que no sabía qué hacer.

—No te preocupes— le dijo con tono tranquilizador—. Yo dormiré en el suelo, en la otra habitación. Estoy seguro de que Hunt podrá conseguir unas mantas extras y una almohada.

—Los criados podrían darse cuenta y lo considerarían muy extraño— dijo Lynetta con voz titubeante.

—Nosotros somos lo bastante listos como para cubrir las apariencias durante el corto tiempo que estemos aquí, ¿no crees?— dijo el Conde con gentileza.

—De todas formas, es peligroso— murmuró Lynetta—. Yo me he dado cuenta de que a varias de las personas con las que he hablado les ha sorprendido mucho que usted se hubiera casado.

El Conde pensó con cierta tristeza que eso era lo que sucedía cuando un hombre adquiría la reputación de ser un libertino. "¿Después de todo, ¿quiénes podrían apreciar mejor tal reputación que los franceses?"

—Tengo una idea— dijo Lynetta en voz muy baja—, pero tal vez, le escandalice... a usted.

—Creo que es muy improbable, así que dime cuál es.

Lynetta parpadeó, bajó los ojos y sus mejillas se tiñeron de rojo. El Conde comprendió que sentía mucha timidez al decir:

—Yo... creo— dijo con una voz que él apenas si alcanzó a oír... que si yo duermo... en un lado de la cama... dentro de la sábana y usted.... en el otro lado, fuera... arropado sólo con el edredón... las doncellas, cuando vean la habitación por la mañana...se sentirán seguras de que... estamos casados.

El Conde comprendió lo que ella estaba tratando de explicarle y dijo:

—Creo que ésa es una sugerencia muy sensata, Lynetta. Estoy seguro de que los dos dormiremos bien y muy cómodos.

Ella le miró de nuevo y preguntó:

—¿No considera una indecencia por mi parte haberlo sugerido?

—Creo que ha sido muy amable por tu parte.

—No puedo evitar pensar— continuó Lynetta—, que si hacemos algo fuera de lo común, Ségar podría capturarme, y ni siquiera el Primer Cónsul podría evitarlo.

—Creo que estás exagerando la importancia de Ségar— dijo el Conde—, pero estoy contigo en que, ya que hemos contado la historia de que estamos casados, debemos hacer todo lo posible para que todos la crean.

Estaba pensando que era muy inteligente por parte de Lynetta haber pensado en tal solución.

También comprendió que era muy joven e inocente.

Era evidente que no se le había ocurrido que un hombre, sin importar cuánto confiara ella en él, acostado junto a ella, podría constituir un peligro en un sentido muy diferente.

—Desnúdate— dijo él—. Desde luego, debes llamar a la doncella, que, sin duda, espera que lo hagas.

Obediente, ella se acercó al llamador y tiró de él. Él le sonrió mientras volvía a cruzar la puerta, en dirección a la salita contigua.

—He oído lo que ha sugerido la señorita Condesa, y me parece que es lo más sensato que podrían ustedes hacer— dijo Hunt.

El Conde pensó que debía reprender a su ayuda de cámara por escuchar las conversaciones ajenas, sin embargo, pensó que eso sería una pérdida de inútil de tiempo.

—¡Cuánto antes podamos volver al yate mejor!— dijo—. Veré a Daguerre a primera hora de la mañana y haré los arreglos necesarios para recoger lo que hemos comprado en el Castillo y para ver lo que tiene que ofrecerme. Después, volveremos a Inglaterra.

—Sí, desde luego, Señoría— contestó Hunt—, aunque es una lástima que usted no pueda disfrutar del alegre París.

El Conde no dijo nada y Hunt continuó diciendo:

—Por lo que he podido oír, sin embargo, creo que Su Señoría no ha perdido mucho, al no cenar aquí.

—¿Qué quieres decir con eso?— preguntó el Conde.

—Al General le gusta la comida muy sencilla; no le gustan los platos que Su Señoría prefiere.

El Conde, que estaba ya quitándose la ropa, no se molestó en contestar y Hunt siguió diciendo:

—¡Lo que a él le gusta, y se estaban riendo ahí abajo por eso, son los baños calientes!

—¿Los baños calientes?— exclamó el Conde.

—Se pasa por lo menos una hora metido en la bañera de agua caliente. Abre la llave del agua caliente continuamente y llena de vapor el lugar donde se baña.

Al Conde eso le pareció un poco excéntrico, pero no dijo nada, pensando que era un error alentar a Hunt, que era un chismoso inveterado.

Se desnudó, se puso una bata larga de seda, que había comprado en fecha reciente, y dijo a Hunt que estuviera listo a las ocho de la mañana siguiente.

Cuando el ayuda de cámara se fue, el Conde se dirigió hacia la puerta de comunicación y llamó con suavidad ; oyó a Lynetta decir:

—¡Adelante...!

Abrió la puerta y se dio cuenta de que ella se había metido ya en la cama.

Tenía puesto un camisón de encaje, que había adquirido a la Costurera. Su cabello estaba esparcido sobre la almohada, como cuando él la había despertado esa tarde.

El Conde avanzó hacia la cama y a la luz de las dos velas que habían sido dejadas encendidas, pudo ver su cara. Sus ojos eran muy grandes y sus labios estaban entreabiertos. Él se sentó en la cama y preguntó:

—¿Qué es lo que te tiene tan preocupada?

—Yo temo… que usted... ¡esté enfadado… conmigo!

—¿Por qué iba a estarlo?

—Me... me he dado cuenta esta noche, cuando estábamos con toda esa gente arriba, de lo... importante que es usted. He comprendido… que sería terrible para usted… que se descubriera que miente, que los ha engañado.

—Creo que prefiero que me sorprendan a mí mintiendo, a que tú seas atrapada por una bestia como Ségar— dijo el Conde.

—Pero… ése es mi problema,… no el suyo…y usted es tan bueno… tan increíblemente bueno que me hace sentirme… culpable.

—Creo que la verdad es que estás cansada. Lo que tienes que hacer, Lynetta, es aceptar las cosas como vienen, y tratar de disfrutar de ellas.

Cogió las manos de ella entre las suyas y sintió cómo temblaban sus dedos. Era como si hubiera aprisionado a un pajarito. Hubiera querido rodearla con sus brazos y consolarla como si fuera una niña.

Entonces se dijo , que eso haría las cosas aún más difíciles de lo que ya lo eran.

—Quiero que te duermas— dijo él en voz alta—. Mañana, cuando despiertes, reiremos juntos de las extrañas aventuras que estamos viviendo.

—¿Se reirá de verdad?— preguntó Lynetta— . ¿O pensará que soy... una horrible mujer que le está causando muchas molestias?

El Conde se echó a reír.

—Te prometo que no pensaré tal cosa. Con toda franqueza, estoy disfrutando mucho tratando de resolver un problema difícil. Creo que soy bastante listo como para encontrar la salida de este laberinto en el que nos hemos metido.

—Eso es exactamente lo que usted ha hecho... encontrar la salida de un laberinto del que yo... estaba convencida de que no saldría jamás.

—Pues estabas equivocada y ahora, Lynetta, como yo también estoy cansado, creo que me voy a acostar. ¡Espero que no ronques!

—¿Qué le hace pensar que yo ronco...?— empezó a protestar Lynetta.

Entonces comprendió que el Conde estaba bromeando de nuevo y se echó a reír.

—¡Si hay alguien que ronque aquí esta noche, lo más probable es que sea usted!— dijo—. Mamá siempre decía que los hombres roncan porque duermen boca arriba.

—Entonces, me acostaré de lado— prometió el Conde.

Le soltó las manos, porque se dio cuenta de que habían dejado de temblar.

Luego dio la vuelta a la cama, pero en lugar de quitarse la bata, se la dejó puesta.

—He pedido una manta extra— dijo Lynetta—. Usted dispone del edredón si tiene frío.

—Creo que algún día serás una esposa muy buena, para el afortunado que se case contigo. Cuando lleguemos a Inglaterra te buscaré un esposo realmente encantador.

Lynetta no contestó y él tuvo la impresión de que no quería pensar en el matrimonio.

—Mientras tanto— dijo él, arropándose con el edredón—, tendremos bastantes cosas qué hacer. En primer lugar, debemos localizar a tu familia. En segundo, me gustaría que me dijeras en qué lugares de mi casa estarán mejor los muebles que pertenecieron a tus padres.

Se le ocurrió, al decir eso, que tal vez Elaine prefiriera hacerlo sola. En ese momento se dio cuenta de que no había pensado en ella desde hacía mucho tiempo.

Había estado muy ocupado.

—Me encantaría hacerlo— dijo Lynetta con voz muy suave—. ¿Está usted cómodo?

La almohada en la que estaba la cabeza del Conde era de lino muy fino y olía a lavanda. Era imposible encontrar motivo de queja.

—Estoy encantado con este nuevo hospedaje— contestó—. ¿Puedo apagar las velas?

—Sí, por favor. Las he dejado a su lado porque he pensado que querría usted hacerlo. Las velas fueron apagadas y ellos se encontraron hundidos en la oscuridad.

El Conde pensó que Henry, al igual que numerosos de sus otros amigos, no darían crédito a sus ojos si pudieran verle en esos momentos. Estaba durmiendo con una mujer muy hermosa, y no hacía ningún esfuerzo por tocarla.

—Buenas noches, Lynetta— dijo.

—Buenas noches— contestó ella—. Estoy dando las gracias a Dios… con todo mi corazón, porque usted … llegó al Castillo y me… salvó.

Se detuvo un momento antes de añadir:

—Estoy segura de que… Dios lo envió y de que papá y mamá se sienten muy… felices, porque estoy… con usted.

El Conde pensó que nunca había oído palabras más sinceras que ésas, ni dichas de una forma tan conmovedora.

Cerró los ojos y pensó que de todas las cosas que le habían sucedido en su vida, ¡aquélla era sin duda alguna, la más extraña!

Tal vez, debido a que había sido inesperada, la más intrigante.

Capítulo 5

EL CONDE tardó mucho tiempo en conciliar el sueño, mientras escuchaba la suave respiración de Lynetta cerca de él. Despertó temprano y se levantó de la cama con mucho cuidado para no despertarla. Después se dirigió al Vestidor.

Retiró las cortinas y contempló la belleza de los Jardines de las Tullerías. Habían recobrado su pasada gloria desde que Bonaparte ocupara el Palacio.

Le resultó extraordinario comprender cómo un solo hombre había podido cambiar con tanta rapidez el desorden y los horrores que había dejado en Francia la Revolución.

No había la menor duda, pensó el Conde, sin importar lo que sus enemigos pudieran decir de él, de que Bonaparte era un gran hombre.

Al mismo tiempo, no tenía deseos de seguir siendo su huésped más tiempo del que fuera absolutamente necesario.

Decidió que diría a Daguerre que enviara por los muebles del Castillo con la mayor brevedad posible; luego Lynetta y él se dirigirían a Calais.

Pensó, sin embargo, que las cosas serían más fáciles si Daguerre iba a verle.

Sabía que al Intermediario le encantaría ir a las Tullerías. Tan pronto como Hunt acudió a él, le mandó a buscar a uno de los resplandecientes oficiales que parecían no tener nada que hacer, porque deseaba hablar con él.

Cuando uno de ellos acudió a su vestidor, el Conde le pidió que le cobrara una orden de pago en el Banco.

Al mismo tiempo, le suplicó avisara a Daguerre que debía ir a verle al Palacio inmediatamente.

Comprendió que sus solicitudes serían llevadas a cabo con una precisión y eficacia militar.

No se sorprendió cuando, más tarde, fue invitado a contemplar el saludo que las tropas iban a ofrecer al Primer Cónsul.

La inmensa área de Carrousel, poseía toda la pompa y el esplendor de la Realeza.

Montando un caballo que había pertenecido al difunto Rey, Bonaparte pasó revista a sus hombres.

Con su pelo corto, su nariz aguileña y sus ojos penetrantes, era la personificación misma de un buen Comandante.

Sus Generales le acompañaban.

Entre la resplandeciente multitud, destacaba con su sombrero negro, sin adorno alguno y su sencillo uniforme azul.

«¡Parece un Capitán Marino inglés ordinario!», pensó el Conde con una sonrisa.

Pero él sabía que no había nada ordinario o insignificante, en el hombrecillo montado a caballo.

De hecho, Bonaparte le recordaba a César.

Estaba seguro, y pensó que eso era, lo que el Partido de la Guerra, en Inglaterra quería oír…: "*que tras la fachada de Reformas Republicanas Romanas, había en Napoleón la ambición de tener un poder Imperial.*"

—¡Casi no es posible creer— dijo junto a él un distinguido francés—, que apenas hace dos años, el país estuviera al borde del colapso total!

—Estoy de acuerdo con usted , en que es un verdadero milagro— contestó el Conde.

Al mismo tiempo, era consciente de la importancia del papel que se esperaba que Inglaterra jugara en la nueva Europa que Bonaparte estaba construyendo con tanta rapidez.

Cuando tuvo oportunidad de hablar con el Primer Cónsul, el Conde comprendió que tenía la suprema virtud del genio y una energía inagotable.

Supo que Bonaparte podía trabajar durante dieciocho horas seguidas y absorber el contenido del documento más complicado con una sola, mirada.

Pero tenía un talón de Aquiles, como la mayoría de los más sensibles conductores de hombres: un temperamento muy vivo.

Con su voluntad de hierro, supo el Conde, que podía mantenerlo bajo control, pero no siempre.

Estallaba , si algo era mal hecho por un criado o por uno de sus Generales.

—Más de una vez en el Campo de Batalla— dijo un cortesano francés con quien el Conde estaba hablando de la personalidad del Primer Cónsul—, ¡Bonaparte perdió los estribos y abofeteó a un General!

El Conde reunió todos los datos que pudo. Sabía que era algo que los estadistas ingleses debían conocer, sobre todo el Secretario de Estado para Asuntos Exteriores.

Lynetta, mientras tanto, estaba adquiriendo un conocimiento muy diferente de la vida en Palacio.

Cuando terminó de vestirse, con la ayuda de dos doncellas, recibió el mensaje de que la Señora Bonaparte quería recibirla.

Se puso uno de los vestidos que había elegido el día anterior y fue escoltada por un asistente hasta el dormitorio de Josefina Bonaparte, que estaba en el mismo piso que el de ella.

Estaba decorado en azul y la Señora Bonaparte, cubierta con un salto de cama muy elaborado, estaba siendo peinada en esos momentos por su peluquero.

Saludó a Lynetta efusivamente y cuando se sentó junto a ella dijo:

—¡Es emocionante saber que está usted en su luna de miel! Su esposo es muy apuesto.

—Soy muy... afortunada -murmuró Lynetta, sintiéndose llena de turbación.

—Mi esposo siempre ha dicho— comentó Josefina Banaparte que existe una especie de corriente magnética entre dos personas que se aman. Estoy segura de que eso se da también entre su esposo y usted.

—Así... lo espero— murmuró Lynetta.

—¡Su vestido es precioso! -comentó Josefina, cambiando de tema con brusquedad.

—Es muy diferente a todos los que tenía antes— admitió Lynetta—. Mi esposo me lo compró ayer, porque todo mi equipaje se ha perdido.

—¿Su equipaje se ha perdido?— exclamó Josefina—. ¡Qué desastre! Al mismo tiempo, es una delicia que pueda usted comprar todo nuevo.

Se puso muy animada y dijo a Lynetta cuáles eran las tiendas en las que podía encontrar la ropa más elegante.

Era evidente que estaba ansiosa de salir con ella para ayudarla a elegir.

Lynetta no sabía qué hacer; pero consideró que era mejor estar de acuerdo en cuanto su anfitriona sugiriera.

Como había vivido en el campo, no tenía la menor idea de que Napoleón Bonaparte se enfurecía con frecuencia por los despilfarros de su mujer.

Era, de hecho, la única razón por la que la increpaba con frecuencia.

Quienes conocían a Josefina, se daban cuenta de que iba en contra de la ternura de su corazón, rechazar las cosas que le ofrecían, sin importar lo costosas que fueran. Era una debilidad que las Modistas sin escrúpulos explotaban de una forma incansable.

Había una sonrisa un poco cínica en la cara de su peluquero, mientras escuchaba lo que Josefina estaba diciendo.

Estaba pensando en el último chisme que circulaba por todo París. Al parecer, cuando Napoleón estuvo en Egipto, ¡su esposa compró treinta y ocho sombreros de plumas, a mil ochocientos francos cada uno!

Las deudas de Josefina, al iniciarse el Consulado de su marido, ascendían a más de un millón de francos.

Lynetta, sin embargo, no sabía nada de la debilidad de su anfitriona, y aceptó salir con ella de compras después de almuerzo.

Algunos de los más importantes modistos, le informó Josefina, se habían instalado en algunas de las grandes casas de los Aristócratas.

Los dueños de ellas habían huido del país o habían sido guillotinados. Habló de todo eso de una forma casual, pero Lynetta contuvo el aliento.

Por un momento pensó que nada en el mundo la haría ponerse ropa comprada en tales lugares.

Entonces comprendió que debía controlarse, recordar que era inglesa y que no le afectaba nada relacionado con el terror.

Siguiendo las instrucciones de su marido, Josefina Bonaparte estaba tratando de ser amable con sus huéspedes ingleses. Así que sacó sus joyas para enseñárselas a Lynetta.

Uno de sus collares , había sido hecho con un juego de perlas que había pertenecido a María Antonieta.

—¡Me costó doscientos cincuenta mil francos!— dijo con orgullo.

Cuando recordó lo difícil que había sido para la señorita Bernier y para ella conseguir dinero suficiente para comer, no hizo ningún comentario. Deseaba estar con el Conde, pensar en él , evitaría que cometiera errores.

El almuerzo fue bastante sencillo, con sólo doce invitados. El gran hombre no estuvo presente. Josefina explicó a Lynetta que él sólo hacía dos comidas al día.

—Almuerza a las once — le dijo—. Lo hace solo, en una pequeña mesa de caoba.

Vio que Lynetta , estaba interesada y continuó diciendo:

—Cena alrededor de las diez y media conmigo , y con los invitados que tengamos.

La señora Bonaparte se echó a reír y añadió:

—Es un chiste por todos conocido, que el Segundo Cónsul come mejor que nosotros, porque a mi esposo , no le gusta el paté, ni los platos cocinados con crema.

Lynetta pensó en lo mucho que a ella le gustaban. La señora Bonaparte continuó diciendo:

—Napoleón suele decir a nuestros amigos , que si quieren comer con rapidez, coman con él. Que si les gusta comer bien, cenen con el Segundo Cónsul; pero que si quieren comer muy mal, lo hagan con el tercero.

A Lynetta todo eso le pareció muy gracioso. Sin embargo, cuando se sentaron a comer comprendió que, como el General Bonaparte no estaba presente, los platos habían sido preparados con crema. Descubrió, también, que los vinos eran abundantes y deliciosos.

Ella no había visto al Conde en toda la mañana, y sólo cuando subió a lavarse las manos, antes de comer, se encontró con él en el dormitorio.

—Me he enterado de que has estado con la señora Bonaparte— dijo el Conde.

—Me alegro mucho de que haya usted venido— contestó Lynetta—. Quiere que vaya de compras con ella y yo no he podido negarme.

—Creo que es una buena idea— dijo el Conde—. Sé que ella es muy despilfarradora, pero estoy seguro de que tú no vas a dejarme en la ruina...

—Yo prefiero estar con... usted.

—Yo he prometido ir con el General a ver algunos de sus nuevos armamentos— explicó el Conde— y creo que debo hacerlo. Pensó, aunque no se lo dijo a Lynetta, que eso sería importante desde el punto de vista de Inglaterra.

Bonaparte estaba tratando de demostrarle lo fuerte que era el ejército francés.

—Los dos parecen muy cordiales— dijo Lynetta de forma tentativa.

El Conde sonrió.

—Me han dicho que Bonaparte tiene ahora los bustos de Fox y de Nelson a ambos lados de la repisa de su chimenea.

—Estoy segura de que eso demuestra que piensa mantener la paz— murmuró Lynetta.

—Eso espero— comentó el Conde.

Cuando se separaron, Lynetta pensó con tristeza que hubiera preferido estar con él.

Dejó que Josefina la convenciera, para que comprara varios vestidos. También eligió una capa de noche, porque Josefina le dijo que esa noche iban a ir a la Ópera.

—Creo que es algo, de lo que usted disfrutará tanto como yo— dijo Josefina—. Sólo espero que mi marido se quede hasta el final.

Lynetta la miró sorprendida y ella le explicó:

—Cuando vamos al Teatro, tiene la costumbre de salirse después del primer Acto. ¡Dice que puede adivinar lo que va a pasar después!

—¿Y qué hace usted?— preguntó Lynetta.

—Algunas veces me quedo, aunque él se vaya. Yo prefiero ver lo que sucede al final en lugar de adivinarlo.

Ambas se echaron a reír, como si Josefina hubiera dicho un chiste. Lynetta se preguntó si al Conde le gustaría la ópera, o si se aburriría.

Cuando volvieron al Palacio, se sintió perdida porque no había señales del Conde y ella se ponía muy nerviosa cuando él no estaba presente. Se dirigió a su dormitorio. Sólo cuando empezó a vestirse para la Cena, él llegó a toda prisa.

—¿Estás bien?— preguntó.

—Sí, pero, ¿dónde ha estado usted?— preguntó Lynetta.

—Estoy harto de cañones, mosquetes y pistolas— contestó él—. De hecho, ¡me siento como un barril de pólvora a punto de explotar!

Antes de que ella tuviera tiempo de contestar, él se había dirigido a su vestidor, donde Hunt le tenía ya el baño listo.

—Va usted a la Ópera esta noche, Señoría— le informó Hunt.

El Conde lanzó un gemido.

—Yo soporto sólo un poco de música— dijo—, especialmente cuando estoy sentado en una silla dura.

—Su Señoría estará en el Palco Real— dijo Hunt—, con toda la pompa y el besamanos del caso.

—Eso es lo que me temía— dijo el Conde mientras se desnudaba—. Cuanto antes nos vayamos de aquí, mejor!

Él había visto a Daguerre esa mañana. El Intermediario le había prometido que saldrían las carretas hacia el Castillo unas cuantas horas después de su conversación.

—Luego irán a Calais— dijo el francés—, y deben llegar allí en tres días.

El Conde calculó que si él y Lynetta se marchaban al cabo de dos días, llegarían más o menos al mismo tiempo.

No tenía el menor deseo de quedarse en las Tullerías cuando sabía que, desde el punto de vista de Lynetta, eso era peligroso.

Además, ya sabía suficiente sobre Napoleón Bonaparte. Podía aconsejar al Primer Ministro y a cualquier otro Estadista que hablara con él, sobre qué tipo de hombre era.

Cuando el Conde estuvo listo, fue a llamar a la puerta de comunicación.

Lynetta le dijo que pasara. Vio que ya estaba lista. Se había puesto un vestido plateado que la hacía parecer un rayo de luna.

Su pelo parecía tocado por esa misma luz y sus ojos, pensó él, brillaban como estrellas.

—¿Estás lista?— preguntó de forma innecesaria.

—Me alegro de que haya llegado— contestó ella—. Estaba preocupada por usted.

—¡Te dije que no te preocuparas!— contestó el Conde—. A propósito, permíteme decirte lo hermosa que estás!

Lynetta emitió una pequeña exclamación de deleite y él dijo:

—Debo disculparme contigo.

—¿Disculparse?— preguntó ella.

—Tenía la intención de comprarte algunas joyas hoy, así como un nuevo anillo de bodas, pero Bonaparte no me ha dejado solo , ni un momento.

—Yo le he echado mucho de menos— dijo Lynetta con sencillez.

—Bueno, los muebles ya están en camino— dijo el Conde—, y eso significa que podremos irnos el miércoles.

Comprendió, por la expresión que apareció en la cara de ella, que eso era lo que más quería oír.

Mientras avanzaban, el uno al lado del otro, hacia el salón, pensó que la confianza ciega que Lynetta tenía en él era muy conmovedora, aunque un poco restrictiva.

«Pronto aprenderá a ser más independiente, una vez que llegue a Londres», se aseguró a sí mismo.

Tenía la impresión, sin embargo, de que durante algún tiempo, al menos, Lynetta se aferraría a él como su único amigo, su único refugio en un mundo extraño y aterrador. Conocieron a los invitados que iban a ir también a la Ópera con ellos. Todos eran personas importantes, inteligentes, ingeniosas y muy sofisticadas.

El Conde pensó que debían asustar un poco a Lynetta. Cuando un hombre pareció abrumarla con sus exageradas alabanzas y vio que éstas empezaban a inquietarla, acudió en su ayuda. Por fortuna, la cena no consistía en muchos platos. Emprendieron la marcha en numerosos carruajes cómodos y elegantes.

Debido a que el Conde era el invitado de honor, Lynetta y él viajaron con el Primer Cónsul y la señora Bonaparte.

Varios soldados cabalgaban delante y detrás de ellos, Además, un grupo de guardaespaldas y asistentes los acompañaron hasta el Palco Real. El espectáculo fue excelente, igual a los que se representaban en el pasado, cuando asistían el Rey y la Reina.

El Conde, sin embargo, no se sorprendió, cuando a la mitad del primer acto, Bonaparte empezó a parecer inquieto y, por fin, se puso de pie.

No le importó que los intérpretes continuaran cantando en el escenario. El Primer Cónsul y su esposa, seguidos por el Conde y Lynetta, salieron del Palco.

Los encargados del teatro los despidieron con corteses inclinaciones de cabeza, hasta que salieron del edificio. Una vez más fueron escoltados por un nutrido grupo de guardaespaldas mientras descendían la escalinata para dirigirse a los carruajes.

Napoleón Bonaparte y su esposa entraron en el carruaje primero.

En ese momento, el Conde oyó a Lynetta emitir una leve exclamación de horror y sintió que su mano se aferraba con fuerza a la suya. Estaba temblando. Con la rapidez característica de él, la empujó hacia el interior del carruaje.

Se sentó junto a ella, en frente de sus anfitriones.

A la luz que entraba por las ventanas pudo ver que Lynetta estaba muy pálida y que había una expresión de terror en sus grandes ojos. Le cogió la mano y la oprimió con fuerza para darle valor. Entonces empezó a contar a Bonaparte un divertido episodio que había tenido lugar en la Casa Carlton.

Estaba dando a Lynetta la oportunidad de reponerse del susto que parecía acabar de tener. Aunque sus dedos seguían temblando, el Conde comprendió, cuando llegaron a las Tullerías, que había logrado controlarse. Por fortuna, como Bonaparte tenía prisa por irse a la cama, la despedida entre ellos fue muy breve.

A los cinco minutos de haber llegado al Palacio, el Conde y Lynetta estaban en su dormitorio.

Él cerró la puerta y preguntó:

—¿Qué es lo que te ha asustado tanto?

—¡Era Jacques Ségar! ¡Estaba... en la puerta ... del Teatro!

—¡Suponía que había pasado algo así!— exclamó el Conde—. Pero, ¿crees que te ha reconocido?

—Me miraba fijamente... y yo sé...que me parezco mucho... a Mamá.

—No puedes estar segura de que él pensara que eras tú— dijo el Conde.

Estaba tratando de reconfortarla, pero vio que el terror había vuelto a los ojos de Lynetta.

-Prepárate para acostarte -le dijo con gentileza-, y hablaremos de eso más tarde. Veo que estás cansada, y cuando uno está cansado, todo parece peor de lo que es.

Comprendió que lo que había dicho no le servía de mucho consuelo a Lynetta. Cuando entró en el Vestidor decidió que cuanto antes se marcharan de allí, mejor.

Aunque Ségar no hubiera reconocido a Lynetta, esa ansiedad continua, ese constante temor... eran insoportables.

—¿Ha sucedido algo esta noche, Hunt?— preguntó, mientras su ayuda de cámara le quitaba la ropa de etiqueta.

—No mucho, Señoría— contestó Hunt—. Ese ayuda de cámara inglés es demasiado curioso para mi gusto, aunque es un gran admirador de Su Señoría.

—Dile lo menos que puedas— le aconsejó el Conde.

—¡Yo procuro mantener la boca bien cerrada!— dijo Hunt. El Conde volvió a la habitación de al lado. Encontró a Lynetta sentada en la cama y comprendió que le estaba esperando. Hacía calor esa noche. Cuando apagó las luces, se quitó la larga bata con la que había dormido la noche anterior.

Se metió en la cama con su camisón de seda y se cubrió sólo con la manta.

Luego, se recostó sobre las almohadas y dijo:

—Ahora podemos hablar sin miedo a que nos oigan.

—¡Por favor, vámonos de aquí!— le suplicó Lynetta—. Si nos quedamos aquí, estoy segura de que él encontrará la forma de matarme.

—Eso sería imposible— contestó el Conde—, considerando el número de soldados que hay tanto dentro como fuera del Palacio. Si pueden proteger a Bonaparte, te protegerán a ti.

—¡Estoy… muy… asustada!— murmuró Lynetta.

—Te prometo que nos iremos de aquí tan pronto como podamos— dijo el Conde.

—¿Lo… dice en… serio?

—Yo siempre hablo en serio. Buscaré alguna excusa para pedir a Bonaparte protección durante nuestro viaje a Calais.

—¡Sí,… sí,… hágalo!— exclamó Lynetta con desesperación—. Es posible que él nos esté esperando… en el camino y me cogerá…, cómo cogió a mamá y a papá!

—Te prometo que eso no sucederá— dijo el Conde con firmeza—. Ahora duérmete, Lynetta, y mañana no me separaré de ti en todo el día.

—¡Eso suena... maravilloso!

Comprendió que ella estaba haciendo un gran esfuerzo para controlarse. La admiró porque no dijo más, sino que se limitó a darse la vuelta hacia su lado, como si quisiera dormirse.

Debido a que se sentía inesperadamente cansado después de haber pasado todo el día escuchando los agudos comentarios de Bonaparte, el Conde cerró los ojos.

Debió sumirse en un sueño profundo.

Tres horas más tarde, despertó al oír a Lynetta gritar angustiada:

—¡Me lleva… con… él! ¡Va a… matarme! ¡Sálveme!...¡Sálveme!

El Conde comprendió que la joven estaba soñando.

Él se sentó en la cama y, al hacerlo, Lynetta se arrojó sobre él. El Conde la rodeó con sus brazos.

—Tranquilízate, por favor, tranquilízate— dijo con tono tranquilizador—. Estás teniendo una pesadilla, pero no pasa nada.

Ella escondió la cara en el cuello de él. El Conde sintió cómo sus manos se aferraban a su camisón de seda.

—¡Él...estaba allí! ¡Lo... he visto!¡Extendía... los brazos hacia... mí!

—Estás soñando todavía— dijo el Conde—.¡Despierta, Lynetta! Estás a salvo, te lo prometo.

Entonces ella se echó a llorar. Fue la culminación, comprendió el Conde, de los muchos meses que había estado cautiva en su propio hogar.

Comprendía la agonía que había sido para ella saber que Ségar la estaba buscando para matarla. Todo ello había hecho estragos en sus emociones.

Lynetta lloraba como una niña. Mientras él la tenía abrazada, sintió cómo sus lágrimas mojaban la fina seda de su camisón y llegaban hasta su piel.

Él se acercó un poco más. Sintió la suavidad y el calor de su cuerpo, que temblaba contra el suyo. Ella seguía llorando y él comprendió que por fin había estallado la tormenta que había estado contenida en su interior durante tanto tiempo.

—¡Cálmate ya! ¡Todo ha pasado!— le dijo con voz muy suave—. Cuando lleguemos a Inglaterra, olvidarás todo esto.

Acarició su pelo y descubrió que era tan suave y sedoso como parecía.

Se dio cuenta de que había una suave fragancia en él, como si se lo hubiera lavado con una esencia de violetas o tal vez de pétalos de rosa.

Poco a poco sus sollozos se fueron calmando. Ella no se movió y sus manos continuaron aferradas al camisón de él.

Por fin dejó de llorar y murmuró con una vocecita trémula:

—Lo siento mucho.

—No hay necesidad de que te disculpes. Comprendo que has recibido una fuerte impresión al ver a Ségar.

—Yo solía espiarle desde las ventanas de la casita, cuando andaba por el jardín, pero parecía todavía más amenazador y horrible... esta noche.

—Creo que ves las cosas peor de lo que son— dijo el Conde, tratando de tranquilizarla.

Sus brazos la oprimieron con más fuerza y añadió:

—Yo supongo que él debe odiar a Bonaparte, pensando que se ha convertido con toda su pompa y su gloria, en un nuevo Aristócrata.

—Él me estaba...¡mirando a mí!— insistió Lynetta.

—Entonces debemos asegurarnos de que no vuelva a verte.

—¿Cómo?

Era como la pregunta de una niña que quiere estar segura de que está a salvo del peligro.

—Tendrás que confiar en mí, sentirte segura de que yo te cuidaré bien— dijo el Conde en voz baja.

Al decir eso, comprendió que era algo que él haría aunque muriera en el intento. Quería salvar a Lynetta, quería protegerla y confortarla. Quería, sobre todas las cosas, hacerla feliz. Sentía que todo su cuerpo respondía al de ella en su determinación de hacerlo.

Entonces, cuando la oyó lanzar un último y leve sollozo que era, en cierta forma un grito de alegría, el Conde comprendió que la amaba.

Nunca había sentido por ninguna otra mujer lo que sentía en esos momentos por Lynetta. Él había estado pensando en ella como en una niña a la que debía cuidar, a quien debía salvar de un dragón, representado por Ségar.

Ahora, en sus brazos, era una mujer, una mujer muy hermosa y muy deseable. Lo que sentía por ella era muy diferente a lo que había sentido por Elaine o por cualquiera de las bellezas que la habían precedido.

Él sentía que Lynetta era ya parte de él mismo.

Ella estaba incompleta sin su protección y él se sentía incompleto sin los sentimientos que ella le inspiraba. Ella le hacía creerse capaz de cualquier hazaña, por difícil que fuera, para salvarla de nuevos sufrimientos.

«¡Te amo!», hubiera querido decir, pero, debido a que la amaba, comprendió que eso sería un error.

Ella todavía no había pensado en él como hombre. No le turbaba que sus cuerpos se estuvieran tocando. Ahora podía sentir la suavidad de sus senos contra su pecho y el calor de su cuerpo en el brazo que la rodeaba.

Él seguía siendo para ella el peñón al que se aferraba, una roca que la salvaría de ahogarse en un mar tempestuoso y aterrorizante. Sabía que destruir esta imagen antes de que ella estuviera lista, la haría sentir más temor de lo que ya sentía.

«Debo tener mucho cuidado de no herirla», pensó el Conde. No se dio cuenta de que eso era algo que jamás había sentido en sus relaciones con otras mujeres. Con ellas siempre pensaba sólo en sí mismo.

Ahora ni siquiera permitió que sus labios tocaran el pelo de Lynetta, por temor a que ella se diera cuenta.

En cambio, dijo con una voz deliberadamente tranquila y gentil:

—Quiero que te acuestes de nuevo y te duermas.

Ella murmuró algo ininteligible y él continuó diciendo:

—Tenemos muchas cosas que hacer mañana. Debes ayudarme para que podamos irnos lo antes posible, a donde está esperándonos *el León Marino*.

—¿Iremos en él a Inglaterra?— preguntó Lynetta en voz baja.

—¡A cualquier lugar donde tú te sientas libre y sin temor durante el resto de tu vida!

Lynetta suspiró.

Entonces, por primera vez desde que se había arrojado en sus brazos, levantó la cabeza.

—¡Mis lágrimas lo han empapado!

—Eso no tiene importancia— sonrió el Conde.

La soltó para que pudiera acostarse, pero Lynetta siguió aferrada a él.

—¿Usted no se irá?

—Me quedaré aquí, junto a ti.

—¿Me lo promete?

—¡Te lo prometo!

Ella se alejó un poco de él, pero después extendió una mano para aferrarse a la de él.

—Si puedo tocarlo— murmuró—, no soñaré de nuevo esas cosas horribles.

—Si me acerco un poco más a ti, estarás más cómoda— dijo el Conde.

Se metió debajo de las sábanas y mantas que cubrían a Lynetta.

Luego se volvió hacia ella, de modo que sus manos pudieran tocarse sin esfuerzo.

—¡Así está...mejor!— murmuró ella.

Se acercó un poco más a él. Ahora estaban el uno en frente del otro, con las cabezas en almohadas separadas.

El Conde sabía que tenía que moverse sólo unos cuantos centímetros para rozar sus labios.

Su instinto le dijo, sin embargo, que no era el momento más apropiado para besarla y que sería un tremendo error, porque destruiría el sentimiento se seguridad de Lynetta.

Él la deseaba. Sentía la sangre que latía en sus sienes y todo su cuerpo vibraba a causa de la necesidad de besarla.

Quería oprimirla contra él y hacerle el amor.

El Conde intentó olvidar sus propios sentimientos y se obligó a pensar sólo en ella.

—Duérmete, Lynetta— le dijo—. Tú sabes que estoy aquí, y te prometo que no me iré.

Los dedos de ella oprimieron los suyos.

—Buenas noches— dijo— . ¡Gracias por ser tan maravilloso!

Su voz sonaba ya somnolienta cuando murmuró de nuevo:

—Usted es maravilloso.

El Conde comprendió que se había quedado dormida. Era evidente que la habían dejado agotada las violentas y traumáticas emociones que la embargaban. Sus dedos soltaron los de él, pero no dejó de tocarle.

Él tuvo la impresión de que si retiraba su mano, ella despertaría. Permaneció acostado, escuchando su respiración.

Se dio cuenta de que, tal vez por primera vez en su vida, estaba pensando sólo en la persona amada.

Súbitamente le vino a la mente el recuerdo de Elaine. Sintió que su nombre estaba escrito con letras de fuego en la oscuridad de la habitación. Comprendió que constituía un peligro para su felicidad, que nunca había imaginado.

Lo que sentía por ella no era amor, sino sólo deseo físico porque se trataba de una mujer muy hermosa. Además, el conquistarla habría proclamado su superioridad sobre sus otros pretendientes, especialmente el Marqués de Hampton.

«¿Cómo he podido ser tan tonto?», se preguntó a sí mismo.

Sintió como si una mano helada le hubiera oprimido la frente. Recordó la carta que había escrito a Elaine antes de salir de Londres.

Era una proposición de matrimonio.

Si ella la aceptaba era tan definitiva como si hubieran intercambiado votos matrimoniales ante un altar.

Era inconcebible que un caballero dejara plantada a la mujer con la que estaba comprometido.

Si el Conde hacía una cosa así, como él bien sabía, provocaría un escándalo social, en el que se vería relacionada toda la familia de Elaine. El Jefe de ella era abuelo, el Duque de Avondale. Después había que considerar a sus propios familiares, muchos de los cuales ocupaban cargos en la Corte.

Su conducta sería condenada por el Rey y la Reina.

El Príncipe de Gales y todas las demás personas de importancia en el *Alto Mundo Social* se sentirían horrorizados.

El Conde se preguntó a sí mismo cómo había podido imaginar siquiera por un momento que Elaine era la mujer a la que quería como esposa. Se daba cuenta ahora de que no sentía por ella nada parecido , a lo que sentía por Lynetta.

Elaine era diferente a las otras mujeres. Él no podía negarlo. Pero él siempre había tenido la impresión, de que bajo su gracia innegable, había algo que era falso, que no era del todo sincero.

Como se había sentido desconcertado por su indiferencia y la forma en que le eludía, le había parecido más atractiva de lo que era en realidad.

Sin embargo, detrás de todo ello, en un nivel más profundo había algo extraño que él no acababa de comprender del todo. Ahora podía admitir que Elaine había constituido un desafío que él no hubiera podido resistir. Un botín que él quería ganar, porque varios de sus amigos estaban compitiendo por él también.

Lo que sentía por Lynetta era diferente. Ella lo necesitaba.

Comprendía que, debido a que ella parecía tan indefensa, no podía abandonarla, como no hubiera podido hacer daño a un animal pequeño, ni hubiera podido ser deliberadamente cruel con un niño.

¡Él tenía tanto y ella tan poco!

El tenía que hacerla darse cuenta de que su amor la compensaría de todo lo que había perdido.

¡Pero... estaba Elaine!

En la oscuridad, con la mano de Lynetta sobre la suya, con su cuerpo suave y cálido a unos centímetros de él, el Conde descendió a los infiernos.

Jamás había imaginado que algún día sentiría una agonía como la que sentía en ese momento.

Capítulo 6

A LA MAÑANA siguiente el Conde tenía ya un plan en la mente.

Se dirigió primero a visitar al Coronel Réal, que estaba a cargo de la seguridad del Palacio.

El Coronel se levantó al verle entrar en su oficina y el Conde dijo:

—He venido a solicitar su ayuda, Coronel.

—Usted sabe que yo haré todo lo que esté en mi mano— contestó el Coronel Réal.

El Conde se sentó y dijo:

—Cuando llegué aquí, dejé las joyas de mi esposa en mi yate. Como no traje Guardaespaldas a caballo conmigo, pensé que sería un error viajar de una forma que sin duda atraería a los ladrones.

—Estoy de acuerdo con usted— dijo el Coronel—. Hemos tenido serios problemas en el camino que va de aquí a Calais.

—Ahora he decidido— continuó el Conde—, comprar a mi esposa, antes de que salgamos de París, algunas de las magníficas joyas que tienen ustedes aquí, en París.

—Es verdad que algunos de los mejores joyeros han vuelto a abrir sus establecimientos desde que el General fue nombrado Primer Cónsul— dijo el Coronel—. Y yo puedo darle los nombres de quienes están considerados como los mejores.

—Eso sería muy amable por su parte. Entonces, voy a pedirle dos cosas.

El Coronel levantó la mirada y el Conde dijo:

—Primero, ¿podría usted proporcionarme una escolta cuando lleve a mi esposa a elegir las joyas?

—Desde luego— contestó el Coronel.

—Segundo -continuó el Conde—, ¿podríamos llevar también escolta cuando salgamos de aquí hacia Calais, cosa que me propongo hacer mañana por la mañana?

El Coronel pareció considerar muy razonables sus peticiones y le aseguró que podía contar con lo que deseaba. El Conde fue entonces a buscar a Lynetta, que se estaba vistiendo.

Comprendió, al entrar en la habitación, que estaba preciosa con el vestido nuevo que se había puesto. Era uno de los que había adquirido con la señora Bonaparte.

—Me he enterado de que ha salido— dijo ella, y él comprendió que eso la había hecho sentirse nerviosa.

—Sólo he ido a ver al Coronel Réal— contestó el Conde—. Te diré más tarde lo que he acordado con él.

—Estaré lista dentro de unos minutos— dijo Lynetta—. ¿Vamos a quedarnos en el Palacio?

El Conde sabía muy bien, que a ella le daba miedo dejar la seguridad de las Tullerías.

Cuando la doncella que la estaba ayudando a vestirse salió de la habitación, él contestó:

—Vamos a salir de compras, pero tranquilízate. Llevaremos una escolta militar.

Lynetta se echó a reír.

—¡Qué importantes nos estamos volviendo!

—Con toda razón— contestó el Conde—.¿Quién puede ser más importante que tú?

Ella rió como si fuera un buen chiste. El Conde pensó entonces que para él, ella era más importante que cualquier otra persona en el mundo.

Se preguntó cuándo podría decírselo. Sabía, sin embargo, que debía tener mucho cuidado, para no alterarla.

Unos minutos más tarde, cuando salieron de la habitación, Lynetta deslizó la mano, ya sin timidez, en la de él. El Conde se dio cuenta, y no fue un pensamiento muy halagador para él, que Lynetta le miraba como si fuera su padre.

El carruaje los estaba esperando.

Había dos soldados a cada lado de él, que lo siguieron cuando salió de los jardines del Palacio hacia la calle.

El cochero tenía ya instrucciones del Coronel Real y los llevó a una joyería de aspecto impresionante que estaba en la Rue du Raubourg St. Honoré.

En el camino, el Conde explicó a Lynetta que le iba a comprar un regalo.

—¡Oh, no!— exclamó ella—. ¡Usted no debe... hacer eso! ¡Ya ha gastado demasiado dinero en mi ropa!

—No sólo quiero darte algo porque te gustará— dijo él con suavidad—, sino porque eso forma también parte del plan que nos permitirá llegar al yate sin peligro.

Ella le miró con ojos muy abiertos y él le explicó:

—Salimos de aquí mañana. El Coronel Réal nos ha prometido proporcionarnos una escolta militar hasta Calais.

Lynetta unió las manos, en un gesto de felicidad.

Al hacerlo, el Conde advirtió que se había acercado un poco más a él, como si tuviera miedo de ser arrancada de su lado en el camino. Tal como habían salido de las

Tullerías, con gran pompa, fueron recibidos también en la joyería, como si fueran de la Realeza.

El Conde suponía que algunas de las costosas y magníficas joyas que poseía la señora Bonaparte , habían sido compradas en aquel establecimiento en particular.

Había una excelente exposición de joyas y Lynetta se sintió fascinada por ellas.

Había joyas del siglo XVIII. Algunas de ellas tenían la forma de ramilletes, en los que las flores y el follaje eran diamantes. Lynetta estaba mirando un hermoso ramillete de azucenas, y el Conde se había retirado un poco para admirar unos collares, cuando una mujer entró en la tienda.

Iba vestida de forma muy elegante. Por un momento, se quedó de pie, mirando a su alrededor.

Luego, emitió un grito de alegría cuando vio al Conde.

—¡Darrill!— exclamó con placer—. ¿Eres tú, de verdad?
El Conde se dio la vuelta y sonrió.

—¡Marguerite!— dijo—. ¡No esperaba verte aquí!

—Acabo de llega— contestó ella—, y encontrarte es lo más maravilloso que me podía suceder.

Mientras hablaba, se aferró a la mano del Conde.

Lynetta pensó, al verla con la cara vuelta hacia la del Conde y sus labios entreabiertos de forma provocativa, que era la mujer más atractiva que había visto en su vida.

—No me has dicho qué estás haciendo en París— dijo el Conde.

—Voy a trabajar en el teatro de variedades— contestó ella—. Espero, desde luego, lograr que Napoleón Bonaparte vaya a verme.

—Estoy seguro de que lo hará. Estás muy hermosa, Marguerite.

—Eso es lo que quiero oírte decir— contestó ella—. Y dime, mi más apuesto y excitante amante, ¿cuándo podré verte?

Dijo las últimas palabras en voz baja.

Pensaba que como hablaba en inglés, el personal francés de la joyería no la entendería.

Lynetta, sin embargo, la oyó con toda claridad. Se volvió a mirar las joyas que tenía ante ella, aunque no pudo ver nada.

Por primera vez se percató , que el Conde era un hombre muy atractivo, que había hecho el amor a la hermosa mujer que estaba ahora de pie, muy cerca de él.

Ella no sabía con exactitud qué era lo que entrañaba hacer el amor, pero, de cualquier modo, el saberlo , la había cogido por sorpresa.

Debido a que había estado tan aterrorizada por Jacques Ségar, ella había pensado en el Conde sólo como un caballero andante que la había salvado del dragón.

¡O, tal vez, como si fuera el Arcángel San Miguel!

Había descendido de los cielos para alejarla de la oscuridad del pasaje, donde había estado escondida tanto tiempo.

Cuando el Conde la llevó a las Tullerías, la habían asustado los cumplidos que le hacían los franceses, y también la forma en que la miraban. Ella sólo quería estar cerca del Conde porque sólo con él se sentía segura.

En ningún momento había pensado en él como un hombre, que la podía considerar a ella una mujer.

Marguerite, quien quiera que fuera, estaba ahora murmurando cosas al oído del Conde que lo hacían reír.

Lynetta hubiera querido llevarse las manos a los oídos, para no oír nada.

¡Nunca se le había ocurrido, hasta ese momento, lo aburrido que el Conde debía sentirse con ella! Sin embargo, había permanecido a su lado, cuando podía haber salido a divertirse con mujeres tan hermosas como Marguerite.

«Yo no le he divertido nada», se dijo Lynetta a sí misma. «Lo único que he hecho ha sido llorar en su hombro».

Se sintió de pronto muy deprimida, como si la hubiera envuelto, inesperadamente, una nube oscura.

No entendía sus propios sentimientos.

Sólo sabía que cada segundo que Marguerite hablaba y reía con el Conde, se sentía como si le clavaran mil pequeñas dagas en el corazón.

Por fin, oyó decir al Conde:

—Me voy mañana, Marguerite, por lo tanto, no podremos vernos aquí, sin embargo, volveré muy pronto.

—¿Me lo prometes? ¿Me prometes que lo harás? ¿No hay modo de que pasemos unos minutos juntos antes de que te vayas?

—Me temo que no— contestó el Conde—. Yo sé, Marguerite, que vas a tener un gran éxito. Te prometo que diré al Primer Cónsul que vaya a verte actuar.

—Eso sería una gran ayuda. ¡Gracias, mi querido Darrill!

Al terminar de hablar, le echó los brazos al cuello y bajó su cabeza hacia la suya.

Cuando le besó, Lynetta emitió una exclamación ahogada y se situó tan lejos de ellos como le fue posible.

«¿Cómo puede una mujer actuar de una forma tan escandalosa en público?», se preguntó a sí misma. «¿Y cómo puede el Conde permitírselo?»

Se apoyó en una de las vitrinas, como si necesitara apoyo. Luego, oyó al joyero decir en francés:

—Su pendiente ya está arreglado, señorita, y espero que ya no le dé ningún problema.

—¡Muchas gracias!

Marguerite hablaba el francés con un fuerte acento inglés. Lynetta se dio cuenta de que se dirigía hacia la puerta.

—Hasta la vista, Señoría— dijo al llegar a ella—. Fíjese que digo hasta la vista y no adiós.

Por fin salió y Lynetta sintió deseos de emitir un grito de alivio. Sin darse cuenta de que ella estaba muy alterada, el Conde volvió a concentrar su atención en el Joyero, que estaba sacando de la caja fuerte sus mejores joyas.

Dejó varios estuches de piel y terciopelo sobre una mesa. El Conde miró a su alrededor, localizó a Lynetta y dijo:

—Ven a ver estas piezas y dime cuál prefieres.

Lynetta hubiera querido contestar que no quería nada. Entonces comprendió que el Conde no entendería la razón y la consideraría una ingrata.

Haciendo un tremendo esfuerzo, se obligó a avanzar con lentitud hacia él. El vendedor colocó una silla para ella, frente a la mesa. El Conde pidió que le enseñaran anillos de boda. Había muchos donde elegir y encontraron uno de la medida del dedo de Lynetta.

—¿Te gusta?— preguntó el Conde.

—Sí, gracias.

Lynetta se dijo a sí misma que todo formaba parte de la farsa. A él no le importaba qué opinara ella de un anillo que sería arrojado a la basura al llegar a Inglaterra.

El Conde observó un magnífico collar hecho con estrellas de diamantes engarzadas. Había otro formado por capullos de lilas, una verdadera obra de arte de un genial orfebre del siglo XVIII.

Un collar de zafiros que no era tan impresionante como uno de rubíes, y había otro más, de turquesas rodeadas de diamantes.

El Conde los examinó todos. Lynetta se limitó a permanecer sentada junto a él, sin decir nada.

En lo único en que ella podía pensar era en la fascinación de la cara de Marguerite y en la forma en que había besado al Conde. Se encontró pensando en lo que sentiría, si él la besara. Aunque él no se dio cuenta de ello, Lynetta miró sus labios a través de sus pestañas y sintió una extraña sensación dentro de sus senos. Era algo que nunca había experimentado.

El Conde le hizo una pregunta:

—¿Cuál de todos te parece más atractivo, Lynetta?

—Yo no lo sé.

Pensó, al decir eso, que estaba actuando como una tonta. Haciendo un esfuerzo añadió:

—¡El collar de las estrellas es muy hermoso!

El Conde pensó que eran como sus ojos y dijo:

—Póntelo. Déjame ver cómo te queda.

La moda del momento imponía que incluso los vestidos de día tuvieran escotes bajos.

Lynetta, se había cubierto, al salir de las Tullerías, con una estola de terciopelo del mismo color de su vestido de muselina.

Ahora se la quitó de los hombros y uno de los vendedores le puso el collar de estrellas formadas por diamantes.

El Conde pensó que sobre la piel blanca de Lynetta, quedaba maravilloso.

Comprendió que el largo cuello de Lynetta era todavía más hermoso que las joyas. Se encontró preguntándose cómo le quedarían si se las pusiera sin nada más encima.

Por un momento, su deseo por ella pareció elevarse en su interior como una oleada de fuego, haciendo un esfuerzo, desvió la mirada y dijo con un tono casi agudo:

—Pruébate las turquesas.

El Conde pensó que en el cuello de Lynetta quedaban muy hermosas, pero que contrastaban demasiado con la blancura de su piel.

El joyero abrió otro estuche. En él había un juego que dejó a Lynetta sin respiración.

También había sido elaborado en el siglo XVIII.

El orfebre había copiado la delicadeza de las flores silvestres y las había incorporado a un collar que parecía haber sido hecho por las hadas.

Había pequeños capullos de nomeolvides, margaritas, primaveras y orquídeas silvestres.

El Conde pensó que aquel collar, expresaba a la perfección, la juventud y la pureza de Lynetta.

Había pequeños pendientes que hacían juego con el collar, además de dos pulseras, un broche y un anillo.

—Reservaba este juego, seño— explicó el joyero—, para enseñárselo a la señora Bonaparte.

El Conde no dijo que eran joyas mucho más adecuadas para Lynetta.

Se limitó a contestar:

—¡Me las llevo!

Un brillo de placer apareció en los ojos del joyero, quien mencionó una cifra tan astronómica, que Lynetta supuso que el Conde iba a decir que era demasiado.

La verdad es que él pensó que era una suma muy considerable para gastarla en un regalo. Sin embargo, eso les aseguraría tener una escolta adecuada hasta Calais. Además, pensó el Conde con sentido práctico, aunque eso significaba el costo de doce, o tal vez, quince caballos, en Inglaterra le habría costado mucho más.

Sólo cuando estaban ya en el carruaje, avanzando en dirección de las Tullerías, Lynetta preguntó:

—Creo que ese juego es realmente exquisito, pero, ¿qué va a hacer con él cuando vuelva a casa?

—Es un regalo para ti— contestó el Conde.

—Pero… sólo mientras estemos…en…Francia.

Él movió la cabeza.

—No, es para siempre.

Ella le miró como si no pudiera creer lo que él estaba diciendo. Al ver que sonreía, dijo:

—Está usted…bromeando…¿verdad?

—Es siempre un error bromear con las mujeres sobre algo relacionado con ellas mismas— dijo el Conde—. Es un tema respecto al cual, tienen muy poco sentido del humor.— ¡Creo que eso es injusto!— protestó Lynetta—. Le he hecho la pregunta muy en serio. Yo sé que usted se ha gastado todo ese dinero, para que tengamos una buena escolta hasta que podamos escapar de Francia, ¡pero es demasiado!

—Nada es demasiado, si eso te salva de tus enemigos.

—Es usted tan bondadoso…y tan astuto— murmuró Lynetta—. Puede usted vender... esas joyas cuando… lleguemos a Londres.

—Todavía no pareces comprender lo que estoy diciendo— insistió el Conde—. Es un regalo para ti, Lynetta. Algo que espero te haga recordar el tiempo que hemos pasado juntos.

Ella le miró con firmeza antes de decir:

—¿Lo dice…usted…de verdad?

—Siempre digo las cosas de verdad— contestó el Conde—. Quiero que tengas algo mío.

Lynetta lanzó un leve grito.

—¿Qué… puedo…decir? ¿Cómo… puedo… darle las gracias?

—Siendo feliz— contestó el Conde— y dejando de tener miedo.

—Usted me ha…dado… demasiado— murmuró Lynetta—, y yo…no tengo nada…que darle a… cambio.

El Conde pensó que tenía una respuesta a eso.

En ese momento los caballos entraron en los Jardines de las Tullerías, y él se limitó a comentar:

—Podrás darme las gracias cuando lleguemos al *León Marino* y zarpemos hacia Dover.

***

Cuando Lynetta se quedó sola en su habitación, preparándose para ir a comer, se miró en el espejo.

Sin embargo, no fue su propia cara la que vio en él.

Era la cara de la fascinante Marguerite, con sus labios rojos y sus largas pestañas oscuras. Lynetta no sabía que habían sido maquilladas.

Ella hubiera querido interrogar al Conde sobre ella; preguntarle dónde y cómo la había conocido.

Pero él no había comentado el encuentro y a ella le daba vergüenza hacerle preguntas.

Mientras se miraba en el espejo, le pareció que volvía a oír la voz de Marguerite diciendo:

—Mi más apuesto y excitante amante...

Lanzó una exclamación ahogada, como si un cuchillo estuviera clavado en su corazón. Era una sensación tan dolorosa, que ella hubiera querido gritar.

«¿Por qué no he pensado en él como en un hombre hasta hoy?», se preguntó a sí misma. «He debido comprender que, como todos los hombres, debe estar enamorado de una mujer hermosa».

Recordó a los invitados que se habían sentado a la mesa de los Bonaparte, en las Tullerías, desde que ellos estaban allí. Se había dado cuenta de que tanto los hombres como las mujeres, no dejaban de coquetear.

Las mujeres eran muy atractivas. Miraban a los hombres con ojos brillantes y con lo que a Lynetta, le parecía una clara invitación en los labios.

«¿Cómo podría yo actuar así?», se preguntó. Pero dudó de que el Conde se fijara en ella como mujer aunque lo hiciera.

Él había besado a Marguerite. O más bien, ella le había besado a él. Una vez más Lynetta se preguntó, qué sentiría si él la besara. «Es algo que no sucederá nunca», se dijo a sí misma.

Al darse la vuelta vio la cama y recordó cómo la noche anterior, después de que había llorado, él se había acostado junto a ella y ella se había aferrado a su mano.

También la había acercado mucho a él; sin embargo, ella casi no se había dado cuenta de la fuerza de sus brazos o de que sus cuerpos se estaban tocando.

«¿Cómo pude dedicarme a llorar en tales circunstancias, en lugar de...?», empezó a preguntarse a sí misma, y entonces se detuvo.

No podía creer lo que estaba sintiendo ahora.

No podía comprender porque era una agonía para ella , pensar en el Conde besando a Marguerite y por qué había sentido una alegría inmensa cuando él le había dicho que no podría verla mientras ella estaba en París.

«Debemos irnos mañana mismo», decidió. «No hay nada que nos detenga aquí».

Esta vez no estaba pensando, como lo había hecho antes, en Ségar. Había ahora otro enemigo. Esta vez era una hermosa mujer llamada Marguerite.

Durante la tarde, el Conde recibió al señor Daguerre, quien llegó con la cuenta final de los muebles que había comprado. Estaban anotados no sólo todos los muebles que había comprado en el Castillo de Marigny, sino también seis magníficos muebles de Boulle, a los que el Conde había dirigido una rápida mirada por encima.

Daguerre había descubierto también para él un verdadero tesoro.

Era un gabinete hecho en 1670 que, al parecer, había servido de tocador a Madame Maintenon.

Los paneles eran de mármol y las figuras talladas representaban las cuatro estaciones.

Debido a que confiaba en Daguerre, el Conde aceptó lo que decía. Regateó un poco por el precio y después le entregó un cheque por la suma total.

Comprendió que no podía hacer otra cosa, ya que Daguerre, con gran astucia, había mandado ya todo hacia Calais.

La suma total era considerable, pero el Conde comprendió que valía la pena ya que iba a dotar a Charn de un grupo de preciosos muebles que constituían un verdadero tesoro.

Entonces recordó que debía esa idea a Elaine, y su expresión se oscureció.

Una vez más surgió en su mente la terrible pregunta: «¿Qué iba a hacer respecto a ella?»

***

Esa noche el Conde insistió en que cenaran tranquilamente en el Palacio porque no quería, como se lo explicó a Josefina, que su esposa se cansara.

Fue una decisión que satisfizo a Bonaparte y como a la cena asistieron sólo ocho personas, el Conde comprendió que aquélla era la última oportunidad que tendría de conversar con el Primer Cónsul.

Hasta entonces, Bonaparte había sido para los ingleses un ogro. El Conde tuvo la impresión de que ahora no les gustaría nada su supremacía sobre Europa.

Él sabía que el partido de la Guerra, en el Parlamento Inglés, estaría muy pendiente para evitar que se extendiera lo que Napoleón consideraba ya como su Imperio.

Por el momento, de cualquier modo, Bonaparte estaba encantado con la Paz.

Había asistido a un solemne *Te Deum*, en acción de gracias, que se celebró en Notre Dame y hablaba de "la

Gran Familia Europea". Sin embargo, el Conde sabía cuál sería la reacción británica a su actitud.

A las once en punto, como el Conde esperaba, Bonaparte estaba listo para irse a la cama.

Los invitados desaparecieron y Josefina, con el brazo entrelazado con el de Lynetta, encabezó el recorrido hacia los dormitorios.

—Debe venir a hospedarse de nuevo con nosotros, mi querida Condesa— dijo a Lynetta—. Estoy segura de que cuando estemos mejor establecidos, podremos atenderlos mejor de lo que lo hemos hecho en esta ocasión.

—¡Ustedes han sido muy amables!— protestó Lynetta.

—Es usted muy hermosa— continuó Josefina—,¡pero cuide mucho a su marido!¡Es demasiado apuesto para que cualquier mujer esté tranquila!

Dio un beso de buenas noches a Lynetta y se dirigieron a sus respectivos dormitorios.

Mientras se desnudaba, Lynetta sintió que sus palabras continuaban sonando en sus oídos.

Por supuesto que el Conde era apuesto. Era el hombre más apuesto que ella había visto en su vida. ¿Josefina Bonaparte no era la única mujer que pensaba así!

Estaba Marguerite, a quien él había besado, y era evidente que no lo hacía por primera vez. «¡Debe haber docenas de otras mujeres!», se dijo a sí misma. Esa idea la hizo sentir deseos de llorar.

Se metió en la cama y, al hacerlo, comprendió que el Conde no había entrado todavía en su vestidor.

Podía oír a Hunt moverse de un lado a otro, mientras le esperaba, y pensó que tal vez se había quedado hablando con Bonaparte, para recomendarle a Marguerite.

Entonces se le ocurrió una idea diferente. Tal vez, debido a que era todavía temprano para muchas personas, había ido a verla.

Sintió deseos de llorar y de gritar, no sólo porque la había dejado sola, sino porque había ido a ver a otra mujer.

Esperó ansiando, como no había ansiado nada en toda su vida, oír su voz en la habitación contigua. Finalmente, cuando llegó y lo oyó, comprendió por qué se sentía tan desventurada.

Lo amaba.

***

Antes de irse a la cama, el Conde había ido a hablar con el Coronel Real acerca del viaje del día siguiente.

Esperaba que pudieran llegar a Calais en el menor tiempo posible. Tenían que esperar a los muebles y él pensaba que sería mejor y más seguro, hacerlo en el yate. Si había algún problema, siempre podían lanzarse al mar.

Pensó con satisfacción que había planeado todo con mucho cuidado y que sería en verdad muy mala suerte si las cosas no salían a la perfección y sin alterar a Lynetta.

—¿Tienes todo preparado, Hunt?— preguntó.

—Todo, incluyendo los baúles de la señora Condesa. Y son muchos más que cuando llegamos.

El Conde sonrió.

— Eso es verdad. Él había preguntado por el joyero de piel.

Contenía las preciosas joyas que había comprado para Lynetta. Pensó que era poco común que a ella, le hubiera sorprendido tanto , que él le hiciera un regalo y que se hubiera preocupado tanto por su valor.

Recordó los diferentes regalos que había hecho a otras mujeres. Éstas los habían recibido, incluyendo a Marguerite, como si tuvieran derecho a ellos.

Marguerite era, en realidad, muy diferente a las actrices ordinarias y a otras intérpretes teatrales.

El Conde había sido su amante muy poco tiempo. Sin embargo, no había roto su regla de no pagar nunca en efectivo por los favores recibidos de una mujer. De todas formas, ellas aceptaban joyas, como aceptaban también abanicos y guantes.

Con frecuencia pensaba que, en realidad, las damas y las cortesanas se diferenciaban muy poco.

Él no había creído necesario explicar a Lynetta que Marguerite era la hija de un Clérigo pobre, que tenía una exquisita voz de soprano.

Había sido descubierta cuando cantaba en la Iglesia. Un Noble, que estaba financiando una obra teatral producida en uno de los teatros de Bath, la oyó y la convenció de que fuera a Londres. Allí había tenido un éxito fulminante.

A su padre, anciano y pobre, le había venido muy bien el dinero que ella le enviaba.

No tenía la menor idea , de que no todo procedía de lo que ganaba en el escenario.

Ella se había enamorado del Conde y aunque a él le intrigó encontrar a una dama en su posición, Marguerite le había preguntado:

—¿Por qué voy a querer ser pobre y respetable, cuando puedo ser rica y ganarme la admiración de caballeros como tú?

Él se había echado a reír y cuando por fin su relación, que nunca fue muy seria, llegó a su fin, él le regaló un costoso broche de diamantes.

Nunca se le ocurrió pensar que a Lynetta, que él consideraba que nunca pensaba en él como en un hombre, le alteraría la forma en que había actuado Marguerite.

Cuando entró en el dormitorio encontró que estaba sumido en la oscuridad. Sólo ardía una vela en el lado de la cama de él. Lynetta tenía los ojos cerrados y él pensó con alivio que ya estaba dormida.

Había sufrido una tensión insoportable la noche anterior, al tenerla tan cerca de él.

Quería besarla, quería abrazarla y más que nada, hacerle el amor. De manera sorprendente, se sintió de pronto escandalizado consigo mismo.

Nunca en su vida había seducido a una jovencita, mucho menos a una que pertenecía a su misma clase.

Con mucha gentileza, se acostó en un lado de la cama. Se había quedado con la bata larga puesta, como la primera noche, y se había cubierto con la manta.

Cuando se quedó dormido, se estaba preguntando, como la noche anterior, qué iba a hacer respecto a Elaine.

Sólo cuando se hubiera liberado de ella podría decirle a Lynetta que la amaba.

***

El Conde y Lynetta emprendieron la marcha muy temprano a la mañana siguiente. El Coronel Real los acompañó a su carruaje y les deseó buen viaje.

El carruaje que les había sido proporcionado por Bonaparte era mucho más grande que el que el Conde había comprado en Calais. Dio instrucciones a Daguerre para que lo vendiera y le remitiera el dinero.

También estaba muy satisfecho con los caballos. Supo que otros caballos tan finos como ésos habían sido enviados la mañana anterior, para que los estuvieran esperando cuando necesitara cambiar de animales.

Eso significaba que en todo momento dispondrían de los excelentes caballos que pertenecían al Primer Cónsul.

Listos para ir delante y detrás de ellos había seis soldados de caballería y el Conde se enteró de que otros habían sido enviados por delante, para montar guardia durante la noche.

—No sé cómo darle las gracias por todo lo que ha hecho por nosotros, Coronel— dijo el Aristócrata al estrechar su mano. Lynetta también le dio las gracias con voz muy gentil.

El Conde advirtió la admiración que se reflejó en los ojos del Coronel al verla.

Entonces se pusieron en camino.

Los centinelas que había en la escalinata del Palacio, presentaron armas y el Coronel levantó la mano a modo de saludo.

Cuando salieron de los jardines, Lynetta se echó a reír con suavidad.

—¡Somos muy importantes!

—¡Y estamos bien custodiados!— añadió el Conde.

—¿Cómo ha podido ser usted tan inteligente, como para convencer al General Bonaparte de que debíamos ser tan bien cuidados durante nuestro viaje?

—Estaba pensando en ti— contestó el Conde—. Estaba decidido a que disfrutaras del viaje y no quería verte tan preocupada como has estado desde que te conozco.

Para su sorpresa, Lynetta no sonrió. Miró hacia adelante y dijo:

—¡Yo soy consciente de que he sido una enorme molestia para usted!

—Quieres que te dedique cumplidos— sonrió el Conde—. Me encanta tenerte conmigo, Lynetta. De hecho, creo que la cosa más deliciosa que me ha sucedido, fue que la señorita Bernier me llevara a donde tú estabas escondida.

Vio cómo el rubor cubría las mejillas de Lynetta.

Sin embargo, ella no le miró con ansiedad, con ese deleite casi pueril con que lo hacía antes.

En cambio, dijo con voz apenas audible:

—Yo quisiera que eso fuera cierto.

—A menos que estés dispuesta a llamarme mentiroso, tu deseo se ha concedido.

Lynetta contuvo la respiración.

Luego, debido a que no quería alterarla de ninguna forma, el Conde se dedicó a enseñarle varios edificios de interés hasta que salieron de la ciudad y se encontraron en el campo.

Los caballos eran veloces y el vehículo en el que viajaban muy cómodo. Había algo tranquilizador, pensó el Conde, en el sonido de las pisadas de los caballos que viajaban cerca de ellos. Podía ver a los dos soldados que iban delante y oír a los cuatro que iban atrás.

Se sentó en un rincón del carruaje y subió los pies en el pequeño asiento que había delante de él.

—El viaje es largo— dijo—, así que te sugiero que te quites el sombrero.

Lynetta le obedeció y lo dejó en el suelo.

No advirtió, al hacerlo, que el Conde la estaba observando y pensando que su pelo, que había sido arreglado por el peluquero de Josefina Bonaparte, tenía un peinado muy atractivo, que la favorecía mucho.

Recordó, también, cómo lo había tocado cuando ella había llorado en su hombro. Se sentía como la seda bajo sus dedos y ansiaba volver a tocarlo.

La misma pregunta volvió a surgir en su mente.

Tuvo la sensación de que las ruedas del coche repetían una y otra vez:

«¿Y qué vas a hacer con Elaine? ¿Qué vas a hacer con Elaine?»

Por fin, se detuvieron a comer.

Hunt había traído comida de las cocinas de las Tullerías. Había una botella de excelente champán y delicioso paté. Cuando volvieron a ponerse en marcha, el Conde no pudo evitar el sentir que ni siquiera un Rey hubiera podido viajar con más comodidad que ellos.

Lynetta iba muy callada.

Durante la comida estuvo muy animada y escuchó con interés, todo cuanto el Conde decía. Debido a que ella era tan hermosa y él quería besarla, el Aristócrata se encontró en varias ocasiones, con que había dejado sin terminar una frase. Tan abstraído estaba con la belleza de ella, que no tenía idea de lo que estaba diciendo, ni de lo que iba a decir.

Poco tiempo después se encontraron avanzando por un camino estrecho y solitario. A ambos lados del camino había árboles cuyas copas casi se unían y los caballos se vieron obligados a aminorar el paso. De pronto, casi se detuvieron.

El Conde se asomó por la ventana.

Cuando los soldados que iban detrás avanzaron a todo galope y pasaron por delante de él, el Conde se puso de pie para ver qué estaba sucediendo.

—¿Qué... pasa?— preguntó Lynetta con voz asustada.

En ese momento se oyó el sonido de disparos. Los caballos debieron asustarse porque el carruaje se movió hacia adelante y hacia atrás.

El Conde volvió a sentarse.

—¡Es una ... emboscada!— gritó Lynetta—. ¡Ségar está tratando de...apoderarse de mí! ¡Es ... Ségar! ¡Yo sé... que es él!

El terror había vuelto a su voz. Ella se aferró al Conde con desesperación.

Él la rodeó con sus brazos.

Se oyeron más disparos y era imposible para el Conde hablar a causa del ruido.

Sin embargo, podía sentirla temblar violentamente contra él. Rezó porque lo que ella tanto temía no fuera verdad, y si lo era..., porque los soldados fueran capaces de protegerlos.

Por fin, el vehículo se detuvo. Era evidente que el cochero había logrado controlar a sus animales. No se oyeron más disparos. La puerta fue abierta de pronto.

¡Era Hunt! El Conde, que tenía apretada a Lynetta contra su pecho, preguntó:

—¿Qué ha sucedido?

—Era ese tipo, Ségar, Señoría, que nos ha tendido una emboscada— dijo Hunt—. ¡Venía con un puñado de pillos como él!

Lynetta lanzó un grito de horror.

—¡No se preocupe, Señora!— dijo Hunt con tono tranquilizador—. Ese tipo está muerto, tan muerto como la media docena de los canallas que venían con él.

Con mucha gentileza, el Conde retiró a Lynetta de sus brazos. Ella trató de protestar, pero él se bajó del carruaje, diciendo a Hunt al hacerlo:

—Cuida de la Condesa, por favor.

Salió y se dio cuenta de que los hombres habían elegido el lugar más apropiado para una emboscada.

Había arbustos bajo los árboles que les habían permitido esconderse.

El Sargento que estaba a cargo de los soldados le explicó cómo los atacantes habían iniciado el fuego demasiado pronto y sus disparos no habían llegado hasta ellos.

Sus hombres habían matado a Ségar , antes de que pudiera hacer ningún daño.

Los hombres que había al otro lado del camino, habían disparado sus mosquetes sin apuntar debidamente.

Los soldados que iban delante del carruaje habían matado a dos de ellos y los que cubrían la retaguardia habían matado a tres más. El resto había huido.

Había sangre por todas partes.

Los cadáveres estaban esparcidos a ambos lados del camino. Los caballos estaban todavía inquietos y sudorosos.

El Conde, que examinó a los hombres muertos, comprendió que sólo gracias a su previsión habían escapado con vida de aquellos malhechores. Si no hubieran llevado escolta armada, la historia habría sido diferente.

La expresión de la cara de Ségar, ya muerto, le hizo comprender lo brutal que habría sido su venganza contra Lynetta.

—¡Cuánto antes nos vayamos de aquí, mejor!— dijo al sargento.

—Eso es lo que yo iba a sugerir, señor.

—Por favor, dé las gracias a sus hombres— dijo el Conde—. Les estoy profundamente agradecido. ¡Y doy gracias a Dios porque ustedes hayan estado aquí!

El Sargento repitió a sus hombres lo que el Conde había dicho. Los dos soldados que iban al frente hicieron un saludo militar, muy sonrientes.

El Conde volvió al carruaje y sin hacer caso de los gemidos y los gritos de los dos hombres heridos, siguieron adelante.

Se alegró por Lynetta de que estuvieran sólo a siete kilómetros del lugar donde iban a pasar la noche.

Cuando volvió a sentarse junto a ella, dijo con voz muy tranquila:

—¡Todo ha pasado ya! Ahora estás libre para siempre de Ségar y de cualquier otro enemigo que puedas haber tenido.

—¿Está usted seguro de que él está muerto?

—¡Absolutamente seguro!— contestó el Conde con firmeza—. Así que sonríe, Lynetta, porque quiero verte feliz.

Ella levantó la mirada hacia él. Sus ojos estaban llenos de lágrimas.

Debido a que se sentía tan aliviado, tan agradecido de haber sido lo bastante inteligente para viajar con escolta, se inclinó hacia ella.

Sin pensarlo, porque se sentía profundamente aliviado, de que a ella no le hubiera pasado nada, sus labios, se apoderaron de los de Lynetta.

Por un momento, ella se quedó inmóvil por la sorpresa.

Luego, cuando él la acercó más, sintió que un verdadero éxtasis sustituía a la agonía que había invadido su pecho toda la noche. La besó hasta que ella sintió que todo desaparecía: el carruaje, el mundo exterior, el cielo.

Sólo existía el Conde.

Como parecía que le estaba robando el corazón con sus besos, cuando él levantó la cabeza, ella dijo incoherentemente:

—¡Te… quiero, te… amo!

—Y yo te amo a ti— contestó el Conde.

Entonces empezó a besarla de nuevo. La besó hasta que les resultó imposible pensar, y sólo pudieron sentir.

Capítulo 7

TARDARON casi una hora en llegar al lugar donde iban a pasar la noche, una agradable Hostería, situada al lado del camino.

Los soldados que iban a cuidarlos esa noche habían reservado ya sus habitaciones.

Cuando subieron a cambiarse, el Conde descubrió que la habitación que iba a servirle de Vestidor contenía también una cama.

Sabía que esa noche le resultaría imposible acostarse cerca de Lynetta y no besarla.

Sin embargo, no estaba preparado, para el cambio que en ella se había efectuado después de descubrir que él la amaba

Cuando Lynetta bajó al Salón privado donde iban a cenar, se había cambiado de vestido y retocado su peinado. En opinión del Conde, estaba realmente fascinante.

Desde el momento en que entró en la habitación, el Conde se dio cuenta de que se sentía muy tímida.

No le miró a los ojos y después de unos momentos él dijo:

—¡Esta noche debemos celebrar el haber matado al dragón! ¡Ahora sí, la Princesa está libre de peligro!

Ella sonrió y el rubor cubrió sus mejillas.

—Tú lo has matado— dijo ella con suavidad.

El Conde tuvo que hacer un esfuerzo para no tomarla en sus brazos.

Sabía, sin embargo, que los Criados no tardarían en llevar con la cena y no quería mortificarla de ningún modo.

Un criado abrió la botella de champán.

Entonces, como de costumbre supervisados por Hunt, los criados de la Hostería les sirvieron una excelente comida.

Como quería que Lynetta se tranquilizara, el Conde habló de los muebles que había comprado, y debido a sus extensos conocimientos en la materia, le contó la historia de algunos de los artífices que los habían creado.

No le sorprendió descubrir que ella sabía también mucho sobre mobiliario francés. Sobre todo acerca de muebles hechos por hombres como Riesener, que habían trabajado durante el reinado de Luis XIV.

—Papá pensaba que él era el más hábil artífice de todos los tiempos— dijo ella—, aunque algunas personas prefieren los muebles de André Boulle.

—Tenemos algunos espléndidos ejemplos del trabajo de ambos— dijo el Conde.

—Estoy deseosa de verlos…en tu casa, si alguna vez me…invitas a…visitarte.

Había una expresión en sus ojos que le reveló al Conde que ésa era la máxima de sus ambiciones.

Él hubiera querido decirle que su casa era también de ella y que sería el hogar de ambos cuando estuvieran juntos.

Sin embargo, eso era algo que no se atrevería a decir mientras el recuerdo de Elaine colgara sobre él, como la Espada de Damocles.

Tan pronto como terminaron de cenar subieron a sus habitaciones. Él se dio cuenta de que, debido a que

Lynetta pensaba ahora en él como hombre, temía que sugiriera dormir junto a ella.

Por primera vez, ella se daría cuenta de que eso era algo que no debía permitir.

Al mismo tiempo, debía ser consciente de que si él no hubiera estado allí, se habría sentido muy sola e indefensa.

No había olvidado la terrible pesadilla en la que veía a Ségar tratando de capturarla.

Ahora sabía que había sido un sueño profético. Al mismo tiempo, ella no había soñado el final feliz.

—Estoy en la habitación de al lado— dijo el Conde—, por si me necesitas, Lynetta, aunque ya sabes que ahora, ya no hay nada que temer.

—¿Los…soldados están…fuera?

—He dicho a Hunt que hable con ellos— dijo el Conde—. Sé que uno de ellos estará de guardia al pie de tu ventana.

—Entonces, estoy segura de que no te molestaré.

El Conde tomó su mano en la suya y la besó. Cuando los labios de él rozaron la piel de ella, sintió que la recorría un leve estremecimiento.

Sin poder controlarse, él dio vuelta a su mano y le besó la palma.

El aliento de Lynetta se hizo más rápido a través de sus labios entreabiertos.

Sólo gracias a un increíble auto control, el Conde logró decir:

—¡Buenas noches, Lynetta, duerme bien! Mañana saldremos muy temprano.

—Buenas noches…y que Dios…te bendiga— murmuró ella.

La puerta de ella se cerró y el Conde se dirigió a su propia habitación, donde le esperaba Hunt.

—Ese hombre ya no molestará más a la señora Condesa— dijo Hunt mientras ayudaba al Conde a quitarse la chaqueta.

Debido a que estaban todavía en Francia, continuaba llamando a Lynetta la *señora condesa*, como el Conde le había dicho que hiciera.

—Si no hubiéramos tenido una escolta— comentó el Conde—, todo habría sido muy diferente.

—En las pistas de carreras, Señoría, todos dicen que Su Señoría tiene la suerte del mismo diablo.

—Espero que tengas razón -murmuró el Conde, pero tenía el ceño fruncido.

***

Al día siguiente recorrieron una buena parte del camino sin incidentes.

La Posada en la que se hospedaron era muy parecida a la de la noche anterior, pero Lynetta estaba muy cansada.

El Conde comprendió que los años que había pasado encerrada, sin ejercicio suficiente ni aire fresco eran tan responsables de su debilidad, como la falta de alimentación adecuada.

Ella había pasado el día recostada en el carruaje, con su mano aferrada a la del Conde; pero la mayor parte del tiempo, había mantenido los ojos cerrados.

Él no estaba seguro de, si estaba dormida o despierta.

Con sólo mirarla sentía que su amor por ella crecía con cada hora que pasaba.

Sabía que no era sólo porque ella era increíblemente hermosa. Le hacía vibrar de una forma, que ninguna otra mujer lo había hecho nunca.

El Conde también se daba cuenta de que había un lazo espiritual entre ellos.

Sin importar lo que fuera, era un amor más grande y más abrumador de lo que él había imaginado que pudiera existir. Debido a que tenía tan poca experiencia con los hombres, Lynetta parecía contenta sabiendo que él estaba allí y no esperaba que él hablara.

El Conde recordó otros recorridos que había hecho en carruaje. Las mujeres que le acompañaban esperaban que él expresara su admiración por ellas constantemente.

Recordó que una vez había dicho a Henry:

—¿Es qué las mujeres nunca piensan en nada que no sea el amor?

—No cuando están contig— había contestado Henry.

Ahora, cuando hablaba con Lynetta era para enseñarle algún edificio frente al cual pasaban o para recordar algunas de las experiencias anteriores en Europa. Ella no sólo escuchaba, sino que también le hacía preguntas inteligentes.

Sólo cuando sus ojos se encontraban comprendía él que si su propio cuerpo pulsaba de amor, también lo hacía el de ella.

«¿Qué voy a hacer?», se preguntó a sí mismo esa noche en la oscuridad, sin encontrar respuesta.

Debido a que amaba a Lynetta con una adoración que él nunca había sentido por nadie, no podía hablarle de su compromiso. Era un problema que tenía que resolver por sí mismo.

Sin embargo, cuando se encontraban ya a pocos kilómetros de Calais, se sumió en una desesperación que se hizo más profunda a medida que se iban acercando a Inglaterra.

¿Cómo podía perder a Lynetta? Ella era la otra mitad de sí mismo. ¿Cómo podía herirla y asustarla dejándola sola en un mundo del que ella no sabía nada?

Por otra parte, ¿cómo podía enfrentarse al ostracismo social? Con toda seguridad, eso sucedería si manchaba el apellido de su familia y se portaba como un pillo y no como un Caballero.

Cuando vieron el mar por primera vez a lo lejos, Lynetta, que había ido muy callada, se incorporó.

—¿Estamos llegando ya?— preguntó.

—Nos falta sólo un kilómetro— contestó el Conde. Él se volvió a mirarla a los ojos.

—¡Lo has...conseguido!¡Lo has...conseguido!— exclamó ella—.¿Podría un hombre ser más maravilloso...que tú?

—Hemos tenido mucha suerte.

—Dios ha escuchado...mis ruegos— dijo Lynetta con sencillez—. Estoy segura de que papá y mamá nos han...ayudado también.

—¡Estoy seguro de ello!— reconoció el Conde.

Si él no hubiera tenido la inspiración de pedir una escolta armada para que los acompañara a Calais, la historia hubiera sido muy diferente.

—¿Estás seguro... de que tu yate está... allí?— estaba preguntando Lynetta.

—¡Me pondría furioso si no estuviera!— contestó el Conde.

—Una vez que... subamos a bordo— dijo ella—, estaremos en... suelo inglés.

El Conde comprendió que estaba tratando de tranquilizarse a sí misma y él contestó:

—Es verdad y como ya no estamos en Guerra, no tenemos nada que temer de los otros Barcos que haya en el Canal.

Lynetta lanzó un profundo suspiro.

Él comprendió que ella temía que aún en el último momento, algo impidiera que ella pudiera salir de Francia.

Entonces, deslizó su mano en la de él. Levantó un poco la mano del Conde, inclinó la cabeza y la besó. Su acción fue tan inesperada, que tocó al Conde directamente en el corazón.

La rodeó con sus brazos y la oprimió contra su pecho. Entonces dijo:

—Cuando lleguemos a Inglaterra, mi amor, ¿te casarás conmigo?

Comprendió, al decir eso, que había tomado una decisión y que se aferraría a ella por encima de todos y de todo. Era una decisión definitiva.

¡Amaba a Lynetta! Ella era todo lo que deseaba en una esposa. No podía imaginar la vida sin ella.

Por un momento, Lynetta se limitó a mirarle.

Entonces apareció un resplandor de felicidad en su cara que la hizo más hermosa que ninguna otra mujer que el Conde hubiera visto.

—¿Me has pedido que me case contigo?— murmuró.

—¡Voy a casarme contigo!— dijo el Conde con firmeza—. Te amo, amor mío. Todo en ti es perfecto. Nada más en el mundo tiene importancia.

—Eso es lo que yo siento por ti— contestó Lynetta.

Él la besó y fue un beso reverente, como si se estuviera entregando a ella para siempre.

Luego, la suavidad y la dulzura de sus labios y la forma en que respondió a él, le hizo volverse más posesivo.

La abrazó con más fuerza todavía y la besó hasta que los dos estuvieron jadeantes.

—¡Te amo, te amo!— suspiró Lynetta—. Haré todo cuanto sea necesario para hacerte feliz.

—Soy increíblemente feliz ahora— dijo el Conde y era verdad.

Comprendió, mientras recorrían las calles de Calais, en dirección al muelle, que había tomado la decisión correcta.

Haría todo lo que fuera necesario para evitar un escándalo. Se pondría de rodillas ante Elaine y le imploraría que le liberara de su promesa de casarse con ella.

Estaba dispuesto a darle la mitad de su fortuna, si era necesario. Pero, sin importar lo que eso le costara, nada le haría renunciar a Lynetta.

Ella llenaba su mundo y él sabía que para ella no había nada ni nadie más que él.

Debido a eso, tenía que protegerla, cuidarla y hacerla feliz. Puso su mano debajo de la barbilla de ella y le hizo volver la cara hacia él.

—Te adoro, cielo mío— dijo—. ¡Cuando nos casemos, daré gracias a Dios todos los días de mi vida por haberte encontrado!

—Como le he agradecido….yo desde… que tú…me salvaste.

Levantó una mano y acarició la mejilla de él.

—Recé y recé pidiendo a Dios… que pudiera… escapar de Ségar— dijo—, y de pronto…. ¡mi Caballero Andante con su resplandeciente armadura estaba ahí!

Había una nota de profunda admiración en su voz. El Conde sabía que para ella, él era todavía un Caballero, con poderes sobrenaturales.

Lo hacía sentirse humilde y orgulloso a la vez. Al mismo tiempo, lo hacía ser muy consciente de la responsabilidad que había contraído con ella.

Debido a que no encontraba palabras para expresar sus sentimientos, empezó a besarla de nuevo de una forma exigente, apasionada y posesiva, como si tuviera miedo de perderla.

El carruaje se detuvo en el muelle y el Conde buscó con la mirada el *León Marino*.

Era, pensó él, una embarcación magnífica.

Se bajaron del carruaje. El Conde dio las gracias al cochero y le entregó una generosa propina. También dio las gracias al sargento y a sus hombres y estrechó la mano de cada uno de ellos.

Cuando Lynetta trató de hacer lo mismo, los hombres se quitaron los cascos de la cabeza y se llevaron la mano de ella a los labios.

El Conde los invitó a disfrutar de una cena especial esa noche para celebrar que habían llegado bien a Calais y les entregó una elevada cantidad de dinero que cubriría con creces el costo de la cena. Ese dinero significaba una paga de un mes extra para cada soldado.

Por fin, el Conde y Lynetta subieron por la rampa. El Capitán esperaba en la cubierta.

—¡Bienvenido a bordo, Señoría!

—¡Me alegra mucho volver a verle!— contestó el Conde.

De pronto, el Conde emitió una exclamación. De pie, detrás del Capitán, vio una figura familiar.

—¡Henry!— exclamó.

—¡Hola, Darrill!— contestó su amigo—.¡Esperaba que no me hicieras esperar aquí demasiado tiempo!

—¿Qué haces aquí?— preguntó el Conde.

Entonces recordó que Lynetta se encontraba a su lado.

—Permíteme presentarte a mi más viejo y querido amigo, Henry Lyndham— dijo—.¡Ha sido una verdadera sorpresa para mí encontrarte a bordo del *León Marino!*

Si el Conde estaba sorprendido, también lo estaba Henry.

Miraba a Lynetta con asombro.

El Conde comprendió que estaba admirando la belleza de su cara, así como la elegancia de su vestido y su sombrero.

Entraron en el salón y un camarero les llevó una botella de champán.

—Me gustaría— dijo Lynetta con timidez—, ir abajo para quitarme el sombrero.

—Sí, por supuesto— dijo el Conde—. Te enseñaré tu camarote.

Condujo a Lynetta por la escalerilla. Abrió la puerta de un camarote contiguo al suyo e invitó a la joven a entrar.

Hunt había bajado ya uno de los baúles de Lynetta y estaba supervisando la llegada de otro que era transportado por dos marineros.

Lynetta miró al Conde.

—Creo— dijo—, que si no me necesitas por el momento, me gustaría recostarme un poco.

—Eso sería muy sensato— dijo el Conde—. Hunt sacará tus cosas, y yo te diré si hay señales de la llegada de los muebles.

Ella le sonrió encantadoramente.

El Conde tuvo que hacer un gran esfuerzo para volver al lado de Henry.

Cuando entró en el salón y cerró la puerta, Henry dijo:

—Sólo tú, Darrill, podías haber encontrado una mujer tan hermosa y tan exquisita. ¿Quién es ella? ¿Es uno de los tesoros que quieres importar de Francia?

—¡Ella es el tesoro! ¡El único que cuenta!— dijo el Conde con firmeza.

Se sentó y se tomó la mitad de la copa de champán, sintiendo que la necesitaba.

Luego, como su amigo no añadía nada, preguntó:

—Supongo que hay alguna poderosa razón por la que estés aquí. ¿Cuál es?

—He venido a traerte una mala noticia— contestó Henry—. He pensado que preferirías enterarte por mí.

—¿De qué?— preguntó el Conde.

—¡Elaine se casa mañana con Hampton?

El Conde cerró los ojos.

Casi no podía creer lo que acababa de oír. Se sintió como si la gloria se hubiera abierto y los ángeles estuvieran cantando.

—Temía que la noticia te alterara mucho— estaba diciendo Henry—, pero después de ver a tu compañera de viaje, empiezo a dudarlo.

—¡Me has dicho exactamente lo que hace varios días le pido a Dios en mis oraciones!

El Conde dijo eso con un tono tan solemne, que su amigo le miró con sorpresa. Como si pensara que debía dar a su amigo tiempo para asimilar la noticia, Henry dijo:

—Como no estás tan alterado como yo pensé que estarías, tengo algo que decirte, que tal vez te sorprenda.

—¿De qué se trata?

—He descubierto, gracias a un viejo amigo de la familia de ella, por qué logró Elaine atraerte de la forma increíble en que lo hizo, y atraer también a Hampton y a muchos otros.

—¿Qué estás diciendo?— preguntó el Conde.

—Al parecer— continuó Henry—, Lady William fue, cuando era una jovencita y vivía en Irlanda, una notable actriz.

Vio la sorpresa reflejada en los ojos del Conde y dijo con rapidez:

—No estuvo en un escenario, ni nada semejante, pero solía representar obrillas en el ruinoso Castillo de su padre.

—Un miembro de mi familia, que la vio actuar, me dijo que era absolutamente notable. Mucho mejor que la señora Siddons o la señora Jordan.

El Conde continuaba escuchando con gran atención y Henry dijo:

—Cuando se casó con Lord William, se puso furiosa al descubrir que, como hijo menor, no tenía dinero. Decidió que no permitiría que Elaine cometiera el mismo error que ella.

—¿Qué error?

—Pensar que un título, incluso de inferior categoría, podía compensar la pobreza— dijo Henry con franqueza.

El Conde empezaba a comprender a dónde se dirigía aquella historia.

—Así que enseñó a Elaine, casi desde el momento en que empezó a andar— continuó Henry—, la forma de conseguir todo lo que deseara.

Se inclinó hacia adelante en su silla para continuar diciendo:

—¿Te das cuenta, Darrill, con qué habilidad instruyó a Elaine para conseguir atraer a todos los hombres, incluyéndote a ti?

El Conde se irguió en su silla.

—¿Me estás diciendo que todo era una farsa?

—¡Por supuesto que lo era! Lady William es muy astuta. Sabía, por ejemplo, que Hampton y tú estaban acostumbrados a que las mujeres se rindieran a sus pies, o cayeran en sus brazos como frutas maduras, para interesarse en una jovencita.

El Conde contuvo el aliento.

—Tenían que ser intrigados y engañados por alguien que parecía indiferente a cualquier avance. ¡Y fue lo bastante lista como para jugar con dos ases...uno en contra del otro!

—¡Caramba! ¡Me estás haciendo sentir como un tonto! - exclamó el Conde.

—Eso es exactamente lo que fuiste -dijo Henry-. Pero se te puede disculpar porque Lady William manipuló a Elaine como a una marioneta.... ¡de una forma muy inteligente!

El Conde no dijo nada y Henry concluyó:

—¡Lo único que puedo decir es que gracias a Dios, por lo que a ti se refiere, ella ha elegido a Hampton y no a ti!

—¡No sabes cuánto me alegro!

El Conde se puso de pie y se acercó a la claraboya.

Levantó la mirada hacia el sol poniente y pensó que era el hombre más afortunado del mundo.

Había salvado el último obstáculo y Lynetta podría convertirse en su esposa sin dificultad.

No habría escándalo, no habría recriminaciones, ni ostracismo. Henry le observaba con una leve sonrisa en los labios. Cuando el Conde se dio la vuelta, Henry preguntó:

—¿Qué vas a hacer?

—¡Voy a casarme!— contestó el Conde.

Henry le miró con fijeza.

—¿Cuándo?

—Esta noche.

—¿Está noche?— repitió Henry con incredulidad.

El Conde volvió a su silla.

—Amo a Lynetta— dijo—, y pensaba casarme con ella, sin importar cuáles fueran las consecuencias.

—Elaine podía haberte demandado por incumplimiento de promesa.

—Lo sabía— dijo el Conde—. Pensé que se me exiliaría del Palacio de Buckingham y que hasta, tal vez, habría tenido que renunciar a mi club.

—¡Ya no hay necesidad de nada de eso!— dijo Henry con rapidez.

—Sí, lo sé. Pero no quiero que los miembros del club White's piensen que Hampton me ha derrotado en la recta final. Lo que es más importante para mí... no quiero que nadie piense que me he casado con Lynetta por despecho.

Henry comprendió.

—Entonces, ¿qué te propones hacer?

—Me propongo— dijo el Conde con voz suave—, decir al Capitán que lleve *al León Marino* mar adentro, entonces Lynetta y yo podremos ser legalmente casados por él.

Los ojos de Henry brillaron alegremente.

—Comprendo— dijo—. Cuando tu matrimonio sea anunciado, habrá tenido lugar *un día antes* del matrimonio de Elaine y Hampton.

—¡Exacto!— exclamó el Conde—. En realidad, aunque tú no lo creas, estoy pensando en Lynetta más que en mí mismo. Henry comprendió que tenía razón.

Si el Conde se casaba inmediatamente después de Elaine, muchos de sus amigos, que sabían que ella le había enviado a Francia, estarían seguros de que él estaba tratando de disimular la furia que le había causado que le hubieran dejado plantado.

—Creo que es una excelente idea— dijo él—. Espero que me permitas ser tu padrino.

—¿Y quién si no podría serlo?

Al decir eso, el Conde salió del salón para ir a buscar al Capitán. Tres de los marineros del barco fueron enviados a la ciudad a comprar todas las flores que encontraran disponibles. A continuación, se dirigió a su propio camarote para disfrutar del baño que Hunt le había preparado.

Una vez que se secó, no empezó a vestirse, sino que se puso la bata larga que había usado para dormir junto a Lynetta, y se dirigió al camarote de ella.

Estaba, como él esperaba, profundamente dormida. A la luz dorada que arrojaban los últimos rayos del sol pensó que parecía un ángel. Se sentó en la cama y, tal como había deseado hacer tantas veces, la despertó a besos.

Cuando Lynetta abrió los ojos y lo vio, le echó los brazos al cuello.

El beso de él se volvió más posesivo y el Conde sintió un toque de fuego en la respuesta de los labios de ella.

Él levantó la cabeza.

—Estaba... dormida— dijo Lynetta.

—Lo sé, amor mío, pero ahora tienes que despertar.

—¿Ya es hora de cenar?

—Sí. Va a ser una cena que servirán más temprano que de costumbre, porque tenemos algo muy importante qué hacer después.

—¿Qué?

—¡Vamos a casarnos!

Ella le miró con fijeza, como si pensara que no había oído bien. Luego preguntó:

—¿A casar... casarnos?

—Sí, amor mío, porque te amo de una forma abrumadora y porque quiero volver a Inglaterra contigo convertida en mi esposa. Así que, vamos a casarnos en alta mar.

Los ojos de ella se encendieron como si hubiera mil luces tras ellos. Sin embargo, no dijo nada y el Conde continuó diciendo:

—Yo sé, mi vida, que probablemente te habría gustado una boda en la Iglesia, pero, como hemos visto en el camino, la mayor parte de las Iglesias están en ruinas y me imagino que las de Calais se encontrarán en iguales condiciones.

—No importa dónde me case— murmuró Lynetta—, si lo hago contigo.

—Te casarás conmigo y serás mi esposa legalmente— dijo el Conde—. Cuando lleguemos a Charn, tendrás en mi propia Capilla la ceremonia religiosa que desees. Es una Capilla que, a través de los siglos, ha sido católica y protestante.

Él la miró con cierta inquietud; pero ella sonrió y dijo:

—Un matrimonio en alta mar será algo muy emocionante.

—Entonces, ponte tu vestido más bonito— dijo el Conde—, y le diré a Hunt que te busque un velo de novia. Estoy seguro de que no le será difícil encontrarlo.

Lynetta se echó a reír.

—Todo respecto a ti es muy emocionante— dijo—. ¡Nunca, ni en mis más locos sueños, habría imaginado que me casaría en alta mar!

—Bueno, date prisa y vístete, por si el movimiento del Barco te marea.

—¡Eso sería muy poco romántico!— dijo Lynetta.

El sonrió y se dirigió a su camarote a vestirse.

Lynetta descubrió que Hunt había sacado ya varios de sus mejores vestidos de los baúles y los había colgado para evitar que se arrugaran.

Contempló los vestidos que había elegido cuando fue de compras con Josefina Bonaparte. Entonces cogió uno que le había gustado mucho al Conde y que era plateado.

Lanzaba destellos al moverse ella.

Cuando entró en el salón, comprendió, por la expresión de sus ojos, que el Conde comprendía por qué lo había elegido.

Tenía junto a él el estuche que contenía las joyas que le había comprado en París.

Cuando él le puso el collar alrededor de la garganta y los brazaletes en las muñecas, adquirió el aspecto, pensó el Conde, de una diosa del Olimpo.

Él besó el anillo y lo deslizó en el dedo de ella, diciendo al hacerlo:

—Esta es la primera cadena que te ata a mí.

—No necesito ninguna cadena— murmuró, de modo que Henry no pudiera oírla.

Con gran diplomacia, Henry había cruzado el salón, para ir a contemplar el cielo a través de la claraboya.

Las estrellas empezaban a salir en el cielo.

Pensó con deleite que había acertado al ir a buscar al Conde, para advertirle de lo que estaba ocurriendo en Inglaterra.

Él sabía mejor que nadie que para el Conde casarse antes de que lo hiciera Elaine sería un triunfo que acrecentaría su reputación.

Él siempre había ido a la cabeza de todo y sería impensable dejar que quienes estaban celosos de él , pensaran que había sufrido un descalabro.

Henry pensó, haciendo planes en su mente, que sería muy fácil explicar que el Conde se había casado en alta mar porque pocas Iglesias estaban abiertas en Francia, y los Sacerdotes y Clérigos eran muy difíciles de encontrar.

«¡Darrill ha ganado otra vez!», se dijo a sí mismo con tono triunfal.

Comprendió que lo más importante de todo, era que nunca había visto a su amigo tan profundamente enamorado.

Se conocían tan bien, que se daba cuenta de que el Conde nunca había estado enamorado de Elaine.

Ella simplemente había constituido un reto para él.

El que todo hubiera sido un plan preconcebido para hacer caer en la trampa al Conde o a Hampton , hacía todavía mejor el hecho de que el Conde hubiera tomado la delantera.

Había todavía algo que él no había relatado a su amigo, porque no había tenido oportunidad de hacerlo, y era que la razón por la que Elaine había mandado al Conde a Francia, era para disponer de más tiempo. Quería estar segura de que el padre del Marqués iba a morir realmente y que ella sería muy pronto Duquesa.

El Duque llevaba varios meses enfermo, pero como era un hombre todavía joven, no había razón para suponer que no pudiera recuperarse y vivir otros veinte años.

Lady William quería lo mejor para su hija. ¿Y qué podía ser mejor que convertirse en Duquesa?

Pero que el novio fuera dependiente de su padre, quien le daba lo indispensable y nada más, era algo que ella había soportado durante casi veinte años y no quería que le sucediera a su Hija.

Estaba decidida a que Elaine no experimentara esa misma frustración.

«Se lo contaré todo más tarde», se dijo Henry a sí mismo. «Por ahora, en lo único en lo que quiere pensar es en esa exquisita criatura que ha encontrado en Francia».

El camarero sirvió la cena. No fue una comida muy abundante, pero sí deliciosa. No comieron en el Salón, sino en otro camarote.

El Conde explicó que era un lugar que él tenía reservado para escribir y leer. Es un rincón, explicó, para quienes no quieren ser molestados.

Cuando terminaron de cenar, miró a Lynetta y ella comprendió lo que él quería, sin necesidad de que tuviera que decírselo con palabras.

—¿Debo ir…a prepararme?— preguntó.

Se dio cuenta, al decir eso, de que las velas del barco habían sido izadas y se movían con la fina brisa proveniente del sur…

Era una noche cálida y el mar estaba en calma. Cuando Lynetta bajó a su camarote, comprendió que no debía tener miedo de marearse.

En cambio, se sentía invadida por una emoción incontenible, porque iba a casarse con el Conde y eso significaba que no volvería a sentir miedo jamás.

Le resultaba difícil creer que no estaba soñando. Temía despertar y encontrarse en la casita de su Institutriz, sin atreverse casi a moverse o hablar, para no ser vista o oída.

Pero no, no estaba soñando. Era verdad. Estaba allí, y muy, muy enamorada.

—¡Gracias…gracias, Dios mío!— murmuró en voz baja.

De repente vio encima de la cama, un velo de encaje tan delicado, que parecía haber sido hecho por manos de hadas.

Se lo puso en la cabeza y se lo sujetó con la guirnalda que había junto a él.

Estaba hecha de flores silvestres: lirios, margaritas y muchas otras a las que no pudo ponerles nombre. Era una copia fiel de su collar.

Sabía que el Conde había dado específicas instrucciones para su confección.

Al mirarse en el espejo, pensó que su aspecto era ahora muy diferente al de la muchachita asustada que había estado escondida en aquel oscuro pasaje del Castillo de sus padres.

Llamaron a la puerta.

—Adelante— contestó ella.

La puerta se abrió y Henry apareció en el umbral.

—¿Está usted lista? -preguntó.

Cruzó el camarote y le dijo:

—Voy a entregarla y a actuar también como padrino de Darrill.

La miró durante largo rato antes de decir:

—Es usted muy hermosa y creo que ama a Darrill.

—Lo amo con todo mi corazón— dijo Lynetta.

—Y él la ama a usted. Debido a que siempre hemos significado tanto el uno para el otro, deseo su felicidad más que la mía propia...

—Pido a Dios que sepa hacerlo feliz!— dijo Lynetta—, pero, por favor, ¡ayúdeme usted! Me temo que soy un poco ignorante, ya que he conocido muy pocos hombres en mi vida...y ninguno en... los últimos tres años.

Henry la miró sorprendido.

—Espero que usted y yo seamos amigos siempre. Y como amigo suyo, haré lo que usted me pida.

Cogió la mano de Lynetta y la besó. Luego la cogió del brazo y, sin decir más, salieron del camarote y subieron la escalerilla.

Cuando llegaron arriba, Hunt estaba esperándola con un ramillete de flores blancas que se parecían a las de su guirnalda.

Se lo entregó a Lynetta y cuando ella le sonrió, Hunt dijo:

—Buena suerte...¡y que Dios la bendiga, señorita!

Henry la condujo al Salón que había sido transformado en un verdadero Jardín.

El Conde había ordenado que compraran todas las flores, que hubieran disponibles en Calais.

Al entrar ella, el Conde pensó que Lynetta no parecía una flor, sino un rayo de luna.

Había algo espiritual en ella que la hacía parecer, a los ojos del Conde, como alguien procedente del cielo y no de la tierra. Comprendió, al verla de pie a su lado, que la adoraba realmente.

Era algo que haría toda su vida.

El Capitán, que estaba muy elegante vestido con su uniforme de gala y el pecho cubierto de medallas, leyó todo lo correspondiente a la ceremonia nupcial con voz profunda e inconfundible sinceridad. Finalmente, terminó con las siguientes palabras:

—Por el poder que me ha sido conferido por su Majestad el Rey Jorge III, ¡yo los declaro marido y mujer, e imploro a Dios porque bendiga vuestra unión!

Cerró entonces su Libro de Oraciones.

Lynetta levantó la mirada hacia el Conde con una expresión de amor que la transfiguraba. Sin sentir la menor turbación, el Conde inclinó la cabeza y la besó.

—¡Ya eres mi esposa!— dijo con suavidad.

Y sin decir nada al Capitán, ni a Henry, la rodeó con un brazo.

La condujo a través del salón, hacia la escalerilla.

Ella pensó que iba a llevarla a su camarote, pero para sorpresa suya, abrió la puerta del camarote principal, que ocupaba todo el ancho de babor.

Al entrar, Lynetta lanzó una leve exclamación ahogada. Había dos linternas encendidas y su luz revelaba que todo el camarote había sido decorado con flores blancas.

Los marineros, por instrucciones del Conde, habían creado un pequeño jardín.

Era tan hermoso y tan fragante, que Lynetta lanzó un grito de alegría.

—¿Cómo has podido hacer algo tan hermoso?— preguntó.

—Hemos tenido una boda bastante extraña, mi amor— contestó el Conde—, pero yo quiero que recuerdes que éste es el día más importante de nuestra vida.

Ella levantó sus labios hacia los de él. El Conde le quitó la guirnalda de la cabeza y después el velo y dejó ambas cosas en una silla. Luego, le quitó el collar y le soltó el pelo. Este cayó sobre sus hombros, como cuando dormía junto a él.

Por fin, la tomó entre sus brazos y al besarla, ella sintió que le estaba desabrochando la espalda del vestido. Este se deslizó hasta el suelo.

Luego, el Conde la levantó en sus brazos y la dejó en la cama. Lynetta quedó acostada entre las flores, aspirando su fragancia.

El mar estaba muy tranquilo. Las olas se limitaban a acariciar el casco del yate.

Lynetta pensó que todo parecía mágico, encantado, y que ella misma formaba parte de un cuento de hadas.

El Conde se tumbó a su lado.

Al hacerlo recordó cómo ella había llorado en su hombro y cómo, después, se habían quedado acostados el uno al lado del otro. Lynetta estaba pensando en lo mismo y se preguntó: «¿Por qué no comprendí entonces que le amaba?»

Ahora su corazón latía violentamente. Ella sentía que muchas sensaciones extrañas, como la luz de la luna misma, se movían a través de sus senos, le subían a la garganta y temblaban en sus labios.

—¡Te amo, mi hermosa, mi maravillosa, mi pequeña esposa!— dijo el Conde.

—Y yo te amo a ti— contestó Lynetta—. ¿Cómo puede un hombre ser tan magnífico, tan inteligente y tan bueno como tú?

Su voz se quebró.

Estaba pensando en que él había sido bueno no sólo con ella, sino también con la señorita Bernier y con los soldados que los habían escoltado hasta Calais.

—¡Estamos casados!— exclamó el Conde, casi como si necesitara convencerse a sí mismo—. Ahora sé que no tendré que contener durante más tiempo mis deseos de besarte, porque no deseaba hacerte sentir más miedo del que ya tenías.

—¿Deseabas...besarme?

—Me resulta imposible decirte lo mucho que lo deseaba— dijo él—, o la agonía que suponía para mí estar acostado cerca de ti y no poder tocarte.

A él le pareció que ella parecía sorprendida y se dio cuenta de que en realidad no entendía lo que le estaba diciendo.

—Te adoro, vida mía, pero no quiero que tengas miedo de mí, ni herirte de ningún modo.

—¿Cómo …podría…tener miedo… de ti?— preguntó Lynetta.

Ella levantó la mirada hacia él y añadió:

—Cuando estoy cerca de ti de esta forma, pienso que es lo más emocionante y más maravilloso que me ha sucedido nunca.

La forma en que lo dijo y la forma en que su cuerpo temblaba, reveló al Conde que experimentaba el mismo tipo de éxtasis que sentía él.

La emoción era más intensa y más maravillosa que cualquier otra cosa que hubiera conocido nunca.

Debido a que era imposible expresarlo con palabras, besó a Lynetta con mucha gentileza en los ojos, los labios y después el cuello.

Ella se movió bajo él y eso intensificó lo que ya estaba sintiendo.

—Te...amo— murmuró—. ¡Oh, mi adorable Caballero Andante, te amo!

—¿Qué sientes?

—Me siento excitada de una forma enloquecedora, no puedo respirar y las estrellas parecen estar parpadeando dentro de mí.

—Mi vida, mi amor, corazón de mi corazón, te adoro...

—Enséñame todo sobre…el amor, temía…tanto no encontrar nunca…el amor.

—¡Yo te enseñaré a amarme!

—Te amo, ya te amo con todo mi ser…mi corazón y… mi alma.

—¿Y tu hermoso cuerpo?

—Es tuyo… también, si… lo quieres...

—¿Que si lo quiero?— preguntó el Conde con voz muy profunda—. Mi amada esposa, lo quiero y lo deseo de una forma casi…insoportable.

—Entonces dime qué tengo que hacer—.¡Te idolatro!

Mientras el aroma de las flores los envolvía y las estrellas brillaban en lo alto del cielo, el Conde comprendió que estaban volando hacia el infinito.

Ya no eran humanos, sino divinos.

Él había encontrado el tesoro que todos los hombres buscan y sólo muy pocos encuentran.

Dios les había dado la bendición en esta vida y en la vida que vendría después de ésta.

Estaban con ÉL en el esplendor, en la maravilla y en la gloria del amor.

Made in the USA
Middletown, DE
27 November 2022